신화의 전장

dream
books
드림북스

신화의 전장 13

초판 1쇄 인쇄 2020년 10월 12일
초판 1쇄 발행 2020년 10월 26일

지은이 박정수
발행인 오영배
편집 편집부
일러스트 엑저
본문 디자인 오정인
제작 조하늬

펴낸 곳 (주)삼양출판사 · 드림북스
주소 서울시 강북구 도봉로 173
대표 전화 02-980-2112 **팩스** 02-983-0660
편집부 전화 02-987-9393 **팩스** 02-980-2115
블로그 blog.naver.com/dreambookss
출판등록 1999년 3월 11일 제9-00046호

ISBN 979-11-283-9952-7 (04810) / 979-11-283-9403-4 (세트)

드림북스는 (주)삼양출판사의 판타지 · 무협 문학 브랜드입니다.

신화의 전장
13
MODERN FANTASY STORY & ADVENTURE
박정수 현대 판타지 장편소설
dream
books
드림북스

목 차

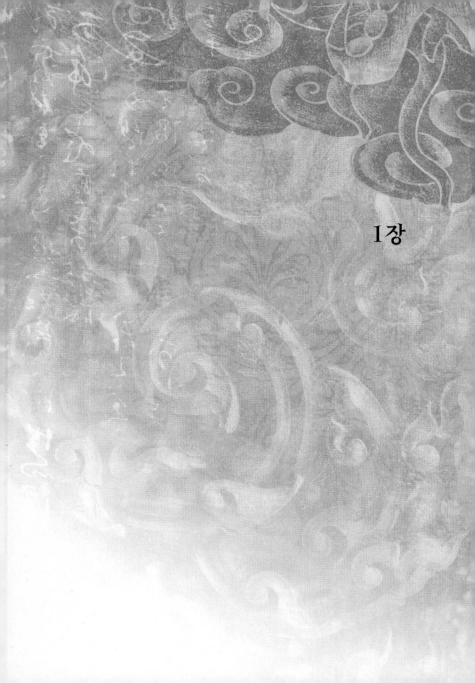

1장

"수고했다."

"공물의 위치를 알아낸 건가?"

야스오가 전화기를 끊자 조용히 대화를 듣던 타카시가
물었다.

그는 끝내 부회장 카즈나리의 허락을 받아 본국으로 돌
아가지 않고 부산에 남았다.

아마 타카시는 무력이 약한 야스오가 걱정되어서일 터이
고, 카즈나리 부회장도 그 점 때문에 허락한 것이었다.

"어떻게 할 건가?"

자신이 나서야 하나 물어본 것이었다.

다분히 호전적인 성격이니 내심 나서고 싶을 것이다.

"우리는 나서지 않는다."

"끄응."

타카시는 마음에 들지 않는 모양이었다.

하지만 가타부타 의견을 내세우지는 않았다.

어찌되었던 현 부산지부의 수장은 야스오였으니까.

"왜? 아쉬운가?"

"아쉽기는 하지."

타카시는 피식 웃음을 삼켰다.

"지피지기면 백전백승이라고 했어."

"그놈의 문자질은."

"우리는 아직 적의 정체도 몰라."

야스오는 타카시를 지그시 바라보았다.

"마시히토마저 잃었어. 그가 우리 조직의 최고 음양사는 아니었지만, 그래도 무재(巫才)가 뛰어난 음양사였음에도 말이야."

그날이 떠올랐는지 타카시는 주먹을 꾹 말아 쥐었다.

"그래서 자네를 보낼 수 없어. 내 말 무슨 말인지 알겠지?"

"알아."

퉁명스럽기 그지없는 대답에 야스오는 팔짱을 끼며 그를

빤히 쳐다보았다.

"왜 그런가?"

그 눈빛에 타카시가 되묻자 야스오는 고개를 저었다.

"자네는 천상 사무라이로군."

"하하하!"

야스오의 말에 타카시는 대소를 터트렸다.

"내가 일자무식이지만 내 그릇은 알아."

"……."

"카이초 자리는 내게 어울리지 않지."

"자네."

"나는 말일세. 나중에 상담역이나 하며 띵가띵가 살아가려 하네. 물론 그 전까지 열심히 칼질을 하며 살아가겠지만."

"타카시."

야스오가 그를 불렀지만 타카시는 그저 씨익 웃을 뿐이었다.

"빠가야로[바보녀석, や─ろう]."

"몰랐나? 나는 검밖에 모르는 빠가일세."

야스오는 한숨을 내쉬며 고개를 저었다.

"내가 졌다. 믿을 만한 두엇 준비하게."

야스오는 한숨을 내쉬며 말했다.

"야스오."

"원래는 한 놈 정도 보내려 했는데."

"그 말은?"

"타카시. 이건 친우로서 하는 말이 아닌 명일세. 마지막의 마지막까지 나서지 말고 적의 정체만 확인할 것. 그리고혹여 일이 잘 풀리면 공녀를 데리고 오고, 일이 풀리지 않으면 지체 없이 물러설 것. 알았는가?"

"마지막의 마지막에서 마지막은 빼면 안 되겠나?"

야스오는 고개를 절레절레 저었다.

"안 되네."

"쩝!"

타카시는 아쉬운 듯 입맛을 다셨다.

"뭐~ 그래도 마지막의 마지막에는 나설 수 있느니."

씨익 웃었다.

"이놈의 칼이 보채지 않아야 할 터인데."

그 말에 야스오는 피식 웃으며 전화기를 들었다.

* * *

박현의 집, 마당.

볕이 좋은 테라스에 폐안과 박현이 마주하고 있었다.

"야스오 보좌?"

폐안이 흥미로운 눈빛을 띠며 물었다.

"예."

"야스오, 야스오라…….."

폐안은 그 이름을 몇 번 입안으로 굴렸지만 딱히 떠오르는 이는 없는 모양이었다.

"성은 모르고?"

그 질문에 박현은 고개를 끄덕였다.

"제법 흔한 이름이기는 하지만, 보좌역으로 좁히면……. 잠깐."

말을 하던 폐안이 뭔가 떠오른 듯 입을 닫았다.

"그 점은 실무를 맡고 있는 녀석에게 물으면 되겠지."

폐안이 손을 휘저었다.

우르르르르!

그러자 마당 한 곳이 일그러지며 하늘에서 붉은 기둥 2개가 바닥으로 쿵쿵 떨어져 박혔다.

그 기둥 사이로 붉게 칠한 문짝이 모습을 드러낼 때였다.

파지직!

불꽃이 튀며 문짝이 다시 사라지기 시작했다.

『성황아.』

그러자 폐안이 미간을 찌푸리며 성황신을 불렀다.

『쓸데없는 일에 힘 빼지 말자.』

『천하를 울리는 용생구자의 폐안께서 함부로 옥계(獄界)의 문을 여시다니요.』

『이놈아! 네놈이 흘린 말을 주워담기 위해 그러는 거 아니더냐! 잔말 말고 힘을 거두라!』

『……』

한동안 봉제산 성황신의 목소리는 들리지 않았다.

아마 짙은 고민 때문이리라.

『이번 한 번뿐이오.』

『오냐!』

성황신의 힘이 사라지자.

쿵! 쿵!

다시 마당에 붉은 두 기둥이 내려꽂혔고, 붉은 대문과 함께 기와가 내려앉았다. 특이한 것은 붉게 칠한 대문 중앙에 폐안의 형상이 각인되어 있었다.

"형님에게도 이런 능력이 있으셨군요."

"그다지 좋은 것만은 아니야?"

폐안이 심드렁하게 대답했다.

"……?"

"봐서 알다시피, 옥문을 열기 위해서는 지신(地神)의 허락을 받아야 하거든."

"아—."

"그런 면에서 초도의 능력이 제일이지."

폐안은 고개를 돌려 옥문을 쳐다보며 소리쳤다.

"호야우카무이(ホヤウカムイ)¹⁾!"

끼이이—

붉은 문이 활짝 열리며 혼혈처럼 보이는 사내가 걸어 나왔다.

그는 양손을 무릎에 받히며 야쿠자 특유의 인사를 올렸다.

그를 보자 박현의 눈매가 가늘어졌다.

"뱀의 향기가 느껴지는군요."

"맞아."

"……?"

"뱀의 일족이자 아이누²⁾의 위대한 신, 호야우카무이이지."

폐안이 그의 정체를 알려주었다.

"풍신과 뇌신의 손에 정체성이 지워진 아이누의 신이기도 합니다. 인사드립니다, 호야우카무이라 합니다. 편히 카무이라 부르시면 됩니다."

호야우카무이가 자신을 소개했다.

"박현이오."

"현재 스미요시카이(住吉会)³⁾의 두 후쿠카이초, 부회장 중에 하나야."

"두 부회장?"

야쿠자 조직에 두 카이초가 있다고 들어본 적이 없었다.

"오키나와의 신, 시사(時事)⁴⁾와 함께 우리 스미요시카이를 이끄는 쌍두마차지."

"오키나와와 아이누라."

"박해받고 버림받은 신들이지."

폐안의 말에 박현은 호우야카무이를 일견했다.

"그럼 카이초, 그러니까 회장은 누구입니까?"

박현은 물었다.

"카이초?"

폐안이 씨익 웃음을 지었다.

"……?"

박현이 고개를 갸웃거릴 때쯤이었다.

폐안의 얼굴이 흐릿해지더니 다른 얼굴로 바뀌었다.

"인사하지. 스미요시카이의 카이초라네."

"하하, 하하하하!"

박현은 순간 황당해하다가 웃음을 터트렸다.

설마 그가 직접 전면에 나서 있을지 몰랐었다가, 그답다는 생각이 들어서였다.

"그건 그렇고."

폐안은 고개를 돌려 호우야카무이를 쳐다보았다.

"야스오 보좌."

"……?"

"들어본 이름인가?"

"야스오 보좌…… 말씀입니까?"

"그래."

"야스오 보좌라…… ."

호우야카무이는 미간을 좁히고 생각에 잠기는가 싶더니 고개를 돌렸다.

"어이!"

누군가를 부르자.

갈색 정장을 입은 사내가 모습을 드러냈다.

"부르셨습니까?"

아이누카이세이⁵⁾가 딱딱한 목소리로 대답했다.

"야스오 보좌라고 들어봤어?"

"흔한 이름이라 두엇 있습니다."

"말해 봐."

"가장 먼저 떠오르는 이는 고베야마구치구미의 부회장 카즈나리의 보좌역이 야스오라는 이름을 가지고 있습니다. 그리고…… ."

"잠깐."

폐안이 끼어들었다.

"고베야마구치구미라고?"

"그렇습니다, 카이초."

아이누카이세이는 허리를 숙이며 대답했다.

"그렇다는군."

"고베야마구치구미라."

박현이 씨익 웃음을 지었다.

"아─, 그리고 얼마 전에 부회장 카즈나리가 자리를 비웠습니다. 행적이 밝혀지지 않았는데, 부산에서 언뜻 카즈나리파 조직원을 봤다고 했습니다."

"그건 또 어떻게 알았어?"

"반각(半刻)이 알려주었습니다."

"반각이면 그 친구였던가?"

"도깨비와 설녀(雪女)⁶⁾ 사이에 태어난 혼혈이옵니다."

폐안은 고개를 끄덕였다.

"부산이라. 원래 그쪽이 야쿠자들이 제법 터를 잡았지?"

"터까지는 아니오나, 적당한 근거지 정도는 마련한 것으로 알고 있습니다."

"우리 쪽도 부산이고?"

"그렇습니다."

"수고했어, 돌아가."

폐안이 물러가라 하자 호야무카무이와 아이누카이세이가 허리를 접어 인사한 후 옥문을 통해 사라졌다.

"바로 일본으로 넘어갈 건가?"

폐안의 질문에 박현은 고개를 저었다.

"일단 부산부터 정리하고 난 후 넘어가도록 하겠습니다."

그때 폐안이 고개를 돌렸다.

"아이쿠, 손님 오신다. 내가 한 팔 거들어줄까?"

"야쿠자 조직의 안가나 알려주십시오. 그거면 족합니다."

"쩝."

그 말에 폐안이 아쉬운 듯 입맛을 다셨다.

"알았어. 바로 정리해서 보내주지."

박현은 그 말을 들으며 자리에서 일어났다.

*   *   *

무당골목 어느 단독 주택, 옥상에 수 명의 사내가 모습을 드러냈다.

그중 군복 바지를 입은 이가 옥상 난간에 발을 턱 올렸다.

품이 큰 후드 티를 입고 있는 뱀문신 사내, 리빈이 후드 모자를 벗으며 무당골목 저 끝, 흑백의 솟대가 솟은 별왕당을 쳐다보았다.

"저기에 있단 말이지?"

"그렇습니다."

맹우항이 대답했다.

"일본 놈들은?"

"저기에 있습니다."

두어 집 건너 옥상에 서 있는 세 명의 사내를 턱으로 가리켰다.

"새끼들 하는 짓이 영 얍삽해."

거들 생각은 하지 않고 조용히 지켜보기만 하는 것이 영 거슬린 모양이었다.

"일본 놈들이 다 그렇지 않습니까?"

"언제 한번 손을 봐줘야겠어. 오냐오냐해 줬더니 감히 대국과 어깨를 나란히 하려 하고 말이야."

"이 일 끝나면 푸닥거리 한번 하시죠."

"그래 볼까?"

맹우항의 말에 리빈이 비릿한 웃음을 지었다.

"새끼들."

리빈은 코웃음을 치며 다시 별왕당으로 시선을 돌렸다.

"가자!"

리빈이 하늘로 훌쩍 몸을 날렸다.

그를 시작으로 스무 개의 인형들이 별왕당으로 날아올랐다.

반면 타카시는 팔짱을 낀 채 그 광경을 지켜보았다.

"어찌합니까?"

"야스오의 판단이다. 그의 명대로 일단 기다린다. 어떤 놈인지 상판대기부터 보자."

"……."

다들 대답이 없었다.

"때가 보인다면 그때 나선다."

그 상관에 그 수하라고.

"하잇!"

"하잇!"

타카시의 말에 수하들은 일제히 복명했다.

* * *

툭툭툭.

야스오는 다탁을 손가락으로 두들기고 있었다.

기모노를 입은 여자아이가 조용히 녹차를 내왔다.

"음?"

"녹차를 내오라 해서⋯⋯."

"녹차를?"

"⋯⋯그게."

앳된 여자아이는 야스오의 반문에 몸을 파르르 떨었다.

"그리 떨 거 없다."

"가, 감사합니다."

"일본어가 제법 능숙하구나."

"조부모가 잔존신민이었습니다."

"흠."

"그리고, 어머니 역시 일본인이었습니다."

"그 시기에 국제결혼이 흔치 않았을 터인데. 더욱이 이곳에서의 시선도 자유롭지 못했고."

"하오나 무지한 조센징들 아니옵니까. 간과 쓸개를 내어 줄 듯 사니 다들 하하호호하며 지냈다 하옵니다."

떨림이 잦아들었는지 여자아이는 제법 당찬 목소리로 대답했다.

"그래. 너희 같은 신민의 기개가 살아있어, 대일본의 앞날이 밝구나."

"가, 감사합니다."

어린 소녀는 얼굴에 홍조를 띠며 부복했다.

"나가 보거라."

"하잇!"

야스오는 담담한 웃음을 보이며 찻잔을 들었다.

"나가 보거라."

"예."

여자아이가 종종걸음으로 나가고 야스오는 녹차를 한 모금 마셨다.

적당히 식혀서 내왔는지 뜨겁지 않아서 좋았다.

야스오는 잠시 녹차를 즐긴 후 찻잔을 내려놓으며 시계를 쳐다보았다.

"슬슬 시작할 때가 되었군."

"걱정되십니까?"

수하가 조용히 물었다.

"걱정은 네놈이 하는 거 같아 보이는군."

"뭐……."

수하는 머리를 긁적이며 말을 흐렸다.

"하긴 너는 타카시와 별로 접점이 없었지?"

"예."

"그 녀석 보기에는 다혈질처럼 앞뒤 안 가릴 것 같지만 의외로 상하복명에 엄격해."

"예?"

"나와 형제지간이지만, 지금은 내 명을 따르고 있지. 어떤 의견도 내세우지 않아. 문제는……."

야스오는 찻잔을 매만졌다.

"사룡방 놈들인데."

사룡방 부장주 리빈을 떠올리자 미간을 찌푸렸다.

"미끼 노릇을 잘해 줘야 할 텐데."

야스오는 식은 녹차를 입으로 가져갔다.

"누구냐, 너는?"

차를 마시는 야스오의 눈빛은 깊게 가라앉았다.

*　　*　　*

"같잖은 녀석들."

폐안은 하늘에 떠서 콧방귀를 뀌었다.

"저기 세 놈은 야쿠자가 분명하고, 저기 하나, 둘, 셋……. 열다섯은 중국놈들이구만."

"그걸 어찌 압니까?"

그의 곁에 떠 있는 박현이 물었다.

"아직 막내 동생은 각국의 검사들의 특징을 모르는구먼. 내 일러주지."

"……."

"일단 한국과 북조선의 검사들은 배꼽 한 치 다섯 푼 아래, 단전에 내단을 만들지. 그 과정이 부단하고 신고(辛苦)하지만, 기(氣)의 힘이 강대하고 끊김이 없어."

앞으로 중국, 일본을 상대해야 할 텐데, 좋은 정보이기에 박현은 고개를 주억이며 귀를 기울였다.

"반면 중국의 검사, 그러니까 무림인들은 단전을 만들어."

"무슨 차이입니까?"

"단전을 채운다는 게 좀 더 옳은 말일 것 같군."

"……?"

"쉽게 설명하자면 수증기와 물방울의 차이라고나 할까?"

"아―."

"한국의 검사들은 단전 안에 기를 실타래처럼 꼬고 뭉쳐 내단을 만드는 반면, 중국의 무림인들은 단전을 가득 채우지."

"차이점이 있겠군요."

"기의 수발이 좀 더 가볍고 쉽네. 그리고 좀 더 빠르게 기를 몸에 쌓을 수 있지."

"그렇군요."

"특이한 건, 중국과 한국은 일맥상통한 점이 있지만, 사무라이는 다르지."

"……?"

"그들은 외공을 중시해."

"외공이라."

"말이 외공이지 실상은 체력 단련 그 이상도 이하도 아니야."

"흠."

하지만 그들이 보여준 힘은 검사들과 비견해도 뒤지지 않을 정도였다.

그러한 박현의 의문을 느꼈는지 폐안은 슬쩍 미소를 지으며 궁금을 풀어주었다.

"사무라이 힘의 원천은 문신이야."

"……?"

황당함에 눈이 커졌다.

"정확히는 주술이지."

"설마?"

문신이 일종의 부적?

"방금 생각한 게 맞아. 사무라이들은 문신으로 고유한 신들의 힘을 빌려와 사용하지."

"허어."

야쿠자의 문신에 그러한 비밀이 숨어있다니.

"그래서 일본에서도 대대로 문신을 아무나 새기지 않아. 여우신의 허락을 받은 이들이 새겨."

"여우신이라."

"여우신들의 우두머리는 하쿠멘콘모우큐비노 키츠네, 백면금모구미의 여우(白面金毛九尾の狐) 구미호[7]라네."

"흠."

"일명 키츠네 사마, 혹은 키츠네 아네고. 고베야마구치 구미의 숨겨진 일인자이지."

"숨겨진 일인자?"

"이거, 이거."

박현의 반문에 페안이 새끼손가락을 까딱까딱거렸다.

"카이초의 애인."

짓궂음에 박현은 피식 웃음을 삼켰다.

"어쨌든 그런 부분을 잡으면 확인하기 쉬워."

"음."

"무림인이 물풍선이라면, 검사들은 구슬이고, 사무라이는 물방울이라고나 할까?"

페안의 부연이 정확히 와닿지는 않았지만 어떤 느낌으로 말하는 건지는 알 것 같았다.

"아이구, 이제야 모습을 드러내는군."

무당골목 별왕당을 중심으로 세 방향으로 다섯 명씩 옥상에 모습을 드러냈다. 그리고 그들을 약간 비켜 야쿠자 셋이 자리를 잡았다.

“내 원하면 한 팔⋯⋯.”

폐안이 은근히 다시 제안을 하려 할 때였다.

박현의 얼굴이 급속도로 차가워졌다.

다만 그뿐만이 아니었다.

그의 몸에서 시퍼런 살기가 뿜어져나왔다.

순간적으로 용생구자의 일용(一龍)인 그마저 살기에 몸을 떨 정도로 진득하기 그지없었다.

“막⋯⋯.”

폐안은 순간 박현을 부르려다 입을 닫았다.

“형님.”

“⋯⋯어.”

“야쿠자 놈들을 부탁합니다.”

원하던 바이기는 한데.

박현의 분위기가 심상치 않다.

“반드시 야쿠자의 배후를 알아내 주십시오.”

“고베야마구치구미⋯⋯.”

“압니다. 하지만 그건 추측이지요.”

“그럼?”

"확증."

박현은 고개를 돌려 폐안을 쳐다보았다.

살기가 번들거리는 황금빛 눈동자.

아버지의 눈빛이었다.

"……알았어. 내 반드시 배후를 알아내지."

"부탁드립니다."

박현은 다시 고개를 내렸다.

그때 리빈을 선두로 한 삼합회 사룡방이 별왕당을 넘고 있었다.

쿵!

그때 기다렸다는 듯이 결계가 쳐졌다.

조완희가 펼친 결계였다.

박현이 별왕당을 향해 손을 뻗었다.

검은 기운이 흘러나와 조완희가 펼친 결계 위에 다시금 결계를 펼쳤다.

『성황신.』

박현이 봉제산 성황신을 불렀다.

『…….』

『나오라! 당장!』

땅을 울리는 소리에 성황신이 흐릿한 모습으로 모습을 드러냈다.

『감히 저승의……, 흡!』

성황신은 무시무시한 살기를 담은 눈빛에 헛바람을 들이마셨다.

『소멸되고 싶지 않으면 일단 그 입 다물어.』

『대, 대별왕께서 그대를 용서…….』

스하아아아—

박현의 검은 기운, 악기가 휘몰아쳐 성황신의 몸을 휘감았다.

『끕!』

『대별왕께는 내 따로 사과를 하지. 허나 지금은 본인의 말을 따라야 할 것이야.』

『……이, 이노옴!』

성황신이 역정을 내려 했지만, 바람 앞의 촛불이었다.

박현이 얼굴을 일그러트리자 성황신의 몸이 절반가량 흩어졌다.

『마지막으로 말하지. 별왕당 위로 결계를 쳐라. 공간을 왜곡하여 크기를 키우라!』

명 아닌 명에 성황신의 눈동자가 흔들렸다.

『본인이 미쳐 날뛰어도.』

박현의 목소리는 고저가 없었다.

『인간의 탈을 벗고, 야차의 탈을 써도.』

무심한 듯.

『칼춤에 지옥도가 펼쳐져도.』

말을.

『세상 그 누구도 알 수 없게.』

툭툭.

『세상과 단절시켜.』

내뱉었다.

『알았나? 성황?』

하지만 황금빛 눈동자에는 이미 시퍼런 피가 담겨 있었
다.

『꿀꺽!』

성황신은 몸을 파르르 떨며 마른침을 삼켰다.

*용어

1) 호야우카무이(ホヤウカムイ): 아이누의 뱀신이
다. 날개를 가진 거대한 뱀의 모습을 하고 있으며 히다
카 지방 서쪽 소호(沼湖)에 살고 있다 한다. 그는 악신
의 성격을 가지고 있으면서도 선한 모습 또한 보인다
고 한다.

2) 아이누: 아이누(アイヌ) 족. 홋카이도와 러시아
사할린, 쿠릴 열도 등지에 분포하는 소수 민족이다. 과
거 일본인들에게 홋카이도 일대에 살아가는 아이누 일
족은 이민족에 불과할 뿐이었다. 아이누 일족은 외모
나 풍습이 일본과 달랐기에 메이지 시대 이후, 민족 말
살적 동화 정책으로 현재 일본에 편입되었다.

3) 스미요시카이(住吉会): 스미요시카이(주길회). 일
본 3대 야쿠자 중에 하나로, 도쿄가 주요 거점으로 하
고 있다. 도쿄가 활동거점이다 보니 자금력에 있어서
는 야마구치 구미와 비교해도 뒤지지 않을 정도이다.
또한 3개의 야쿠자 조직 중 가장 현대적인 야쿠자 형태
를 띠고 있다.

4) 시사(時事): 오키나와의 수호신으로 이름의 어원
은 사자(獅子)이다. 생김새는 해태와 비슷하다.

5) 아이누카이세이: 아이누족 민담으로 내려오는 요괴로, 카이세이는 아이누족의 언어로 '시체'를 뜻하며, 잠든 사람의 가슴이나 목을 졸라 괴롭게 만든다 한다. 특이한 점으로는 나무껍질로 만든 옷을 입는다 전해진다.

6) 설녀(雪女): 설녀, 일본 발음으로는 유키온나. 일본 홋카이도, 눈보라 치는 산에 출몰하는 요괴이다. 눈보라를 지나는 이들을 얼려죽인다고 하며, 사람이 남자일 경우 여인의 모습으로 유혹한다는 등 다양한 버전의 이야기들이 전해진다 한다.

7) 백면금모구미의 여우(白面金毛九尾の狐): 구미호 금모구미호(金毛九尾の狐), 삼국전래금모옥면구미호(三國傳來金毛玉面九尾)등으로 불리기도 하는 이 구미호는, 일본의 설화에 따르면 전 세계의 여우들의 시조이자, 최강의 힘을 가진 구미호로, 4000살이 훌쩍 넘겼다 한다. 최초의 기록은 BC2000년 경 인도 남천축국을 거쳐 BC1100년 경 주왕의 황후, 달기로 화했으며, 이후 수차례 세상에 모습을 드러냈다가, AD753년, 당나라로 파견된 견당사의 일행과 함께 일본으로 도착했다 전해진다. 그 후 숱한 설화에 등장하며 악행을 일삼았다 한다. 이 구미호는 인도, 중국, 일본 등 아

시아에서 수많은 미녀의 모습으로 둔갑해 2곳 이상의
왕조를 멸망시켰고 1000명 이상의 국왕을 죽이려고
했다. 하여 일본의 삼대 악귀 중 하나이다.

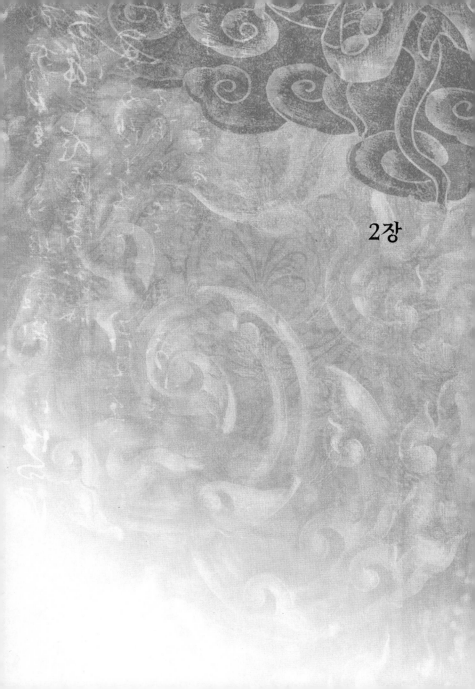

2장

열다섯 명의 사룡방 방도가 별왕당 담을 넘었다.

그리고 빠르게 마루방으로 뛰어들려는 그때였다.

퉁!

대문 위로 삐죽 솟은 흑백의 천이 흩날리는 솟대가 맑은 소리를 만들어내며 파동을 만들어냈다.

당연히 그 파동은 결계였다.

"왔냐?"

마루방 문이 열리며 무당옷을 입은 조완희가 걸어 나왔다.

"부방주!"

맹우항이 당황하며 리빈을 불렀다.

"결계? 쳐주면 나야 고맙지."

리빈은 비릿한 웃음을 지으며 목을 우드득 꺾었다.

하지만, 결계는 그걸로 끝이 아니었다.

쿵!

좀 더 강렬한 기운이 결계 위에 덧씌워졌다.

익숙한 기운.

"뭘 그렇게 고마워하고 그래? 쑥스럽게. 다 나 좋으라고 친 건데."

조완희는 박현이 겹으로 씌운 결계에 씨익 입꼬리를 말아 올리며 하얀 이를 드러냈다.

반면 리빈의 눈매가 슬쩍 굳어졌다.

방금 덧씌워진 결계.

그 결계에 담긴 힘이 심상치 않음을 느낀 탓이었다.

"이제야 좀 알겠어?"

조완희는 느긋하게 언월도를 꺼내 바닥에 찧으며 이죽거렸다.

문제는 이게 끝이 아니었다.

<u>그르르르르!</u>

땅이 울었다.

우르르르르 콰광!

하늘도 울었다.

천지의 울음에 결계가 마구 흔들리기 시작했다.

"……!"

심상치 않은 기운이 몰려들자 조완희가 눈을 부릅뜨며 고개를 하늘로 치켜들었다.

비단 조완희뿐만이 아니었다.

리빈마저 몸을 슬쩍 떨며 하늘, 정확히는 결계를 쳐다보았다.

모든 이의 시선이 결계로 닿았을 때였다.

결계의 매끈한 면이 파도처럼 일렁거리기 시작했다. 파도 형상의 파동은 어느 순간 급격히 비틀리더니 주변을 잡아먹으며 꽈배기처럼 꼬이기 시작했다.

그때—

우당탕탕탕!

휠체어에 타고 있어야 할 만신 이화가 허공을 격해 마루방으로 튀어나오더니 마당으로 뛰어들었다.

펑— 펑—

부적 두 장이 미약한 폭음을 내며 무당방울과 부채를 만들어냈다.

그러더니 이화는 무아지경에 빠져 그 자리를 껑충껑충 뛰기 시작했다.

이화의 눈은 뒤집어져 있었고, 그녀의 목소리라고는 도

저히 믿을 수 없을 만큼 낮고 사방을 울리는 저음의 목소리
가 흘러나왔다.

"여보시오 치바다보소 삼십삼천이요, 내려다보소 백사
지 시무래 땅이요. 더려보소 솜씨 소작이요, 한각씨 분각씨
인초당 분초당. 금일청정 대도란에 봉제산 성황신을 못히
고 왔소이다! 얼쑤~! 군전도 모를 리가 있습니까![1]"

그녀는 별왕당 안으로 성황신의 힘을 끌어들였다.

별왕당 안에 성황신의 힘이 깃들어서일까.

결계가 급작스럽게 요동치기 시작했다.

이후 그녀가 몸을 바르르 떨며 하늘을 향해 부채를 휘저
었다.

쏴아아아—

처음에는 미약한 바람이었을지 몰라도, 그 바람은 거센
바람으로 바뀌었다.

그러자.

퉁!

꽈배기처럼 고인 결계가 심장이 뛰듯 맥박을 쳤다.

그로 인해 결계 전체가 커졌다 작아졌다를 반복하며 힘
을 응집하기 시작했다.

"저년을 죽여라! 어서!"

리빈의 명에 맹우항이 이화를 향해 몸을 날렸다.

화르르르르—

그런 그의 앞으로 노란 지전이 뿌려졌다.

『으하하하하하하!』

호탕한 웃음이 지전에 이어 맹우항을 덮쳤고.

쑤아아악— 쾅!

그 뒤를 이어 언월도가 화살처럼 날아와 맹우항의 발아
래 뚝 떨어졌다.

사나운 기세에 맹우항이 흠칫하며 재빨리 뒤로 한 걸음
물러나자, 자신의 앞에서 뱀처럼 자루가 파르르 떨었다.

그런 그의 앞으로 조완희가 모습을 드러내며 땅에 박힌
언월도를 발로 툭 차 빼어들었다.

"가오리방쯔(高麗棒子)²⁾!"

『가오리방쯔?』

조완희는 고개를 갸웃거렸다.

『왜 고구려의 갑사(甲士)를 예서 찾는가?』

당연히 고개를 갸웃거린 이는 조완희였지만, 조완희가
아닌 관성제군, 관우였다.

가오리방쯔.

고려봉자.

풀어 말하자면 몽둥이를 든 고려인이지만, 고려봉자가
가리키는 건 도끼나 쇠몽둥이 등을 패용한 고려 병사였다.

관우는 고개를 삐딱하게 만들며 맹우항을 지그시 쳐다보았다.

보아하니 한족(漢族)의 후예 같은데, 뜬금없이 생전 시대의 동쪽의 일국(一國)인 고구려의 병사를 부르니 의아해하는 건 당연한 일.

"뭐라는 거야, 이 미친 새끼는!"

맹우항은 말을 내뱉다가 눈을 두어 번 깜빡였다.

상대방이 주술에 의한 통역을 거치지 않은 중국어를 내뱉었음을 깨달은 것이었다. 그리고 그 중국어는 현재는 잘 사용하지 않는 고어(古語)였다.

『아해야. 어찌 너는 수천 년 고구려의 갑사를 예서 찾느냐고 물었었다.』

"이거 미친 거 아냐?"

그가 황당해할 때였다.

조완희의 입이 살짝 벌어졌다.

"그거 욕하는 겁니다."

『욕?』

"그냥 쉽게 새새끼, 씹새끼, 호로새끼……, 뭐 그런 뜻입니다."

맹우항은 혼자 일인이역 연극을 하듯 혼잣말을 주고받는 조완희의 모습에 어이가 없었다.

"음?"

그러다 문득 주고받는 목소리가 다르다는 것을 깨달았다.

또한 주고받는 대화의 언어도 달랐다.

고풍스러운 옛 중국어, 그리고 한국어.

"강신술이다!"

그때 리빈의 목소리가 뒤에서 들려왔다.

그와 동시에.

『뭐? 쌍욕? 감히 본 군에게 쌍욕을 날려? 이런 개호로새끼가!』

관성제군은 무시무시한 살기를 내뿜으며 맹우항을 향해 언월도를 휘둘렀다.

거대하고 무거운 언월도가, 세검보다도 빠르게 자신의 목을 베어오자 맹우항은 허겁지겁 뒤로 몸을 젖혀 피해야 했다.

"멈춰서는 아니 됩니다!"

조완희.

그 목소리에 이화의 목소리는 더욱 커졌고, 걸음걸음이 더욱 높아졌다.

"저 귀신은 상깃대는 응해주고, 키젖다 저 귀신은 맹금소리 응해주고, 너도 가자, 나도 가자…… 이 땅의 지기(地氣)들은 지엄하신 성황신의 부름에 응답할지어다!"

좌라라라라라랑~

그녀가 그 자리에서 한 사람 키보다 높게 껑충껑충 뛰며 무당방울을 흔들었다.

그러자 꽈배기처럼 꼬인 결계가 급격히 수축되더니 펑— 하며 터지듯 그 크기를 십여 배로 키워냈다.

그러자 별왕당을 중심으로 담벼락이 주변 건물들을 밀어냈고, 주변 건물들이 수십 미터씩 멀어졌다. 그리고 별왕당 건물과 드넓게 멀어져간 담벼락 사이로 척박하기 그지없는 붉은 대지가 모습을 드러냈다.

흡사, 메마른 광활지 중간에 집 한 채만 덩그러니 세워진 꼴이었다.

단순히 그것이 끝이 아니었다.

우르르르 콰광!

마른하늘에 날벼락을 치듯, 결계 주변으로 번개가 비산했다.

마치 교도소 전기 철책을 마주한 느낌이었다.

그 누구도 결계를 벗어날 수 없도록.

"크르르르!"

리빈은 짐승의 이빨을 드러내고는 관성제군과 맹우항을 뛰어넘어 이화를 향해 덮쳐갔다.

　　　　　　*　　　*　　　*

"흠!"

박현은 폐안, 자신도 쉽사리 어쩌지 못하는 성황신을 협박해, 이승에서는 결코 드러나서는 안 될 저승의 땅을 기어코 불러내고 말았다.

결계 안으로 뛰어드는 박현을 쳐다보는 폐안의 얼굴은 잔뜩 굳어 있었다.

'무슨 일이 있었던 걸까?'

차마 말조차 붙이지 못할 정도로 박현은 분노를 표출했다.

그래도 잠시 후 폐안의 입가에 미소가 지어졌다.

오금이 오싹할 정도였으니.

'과연.'

아버지의 피를 이어받았다.

폐안의 시선이 당황해하는 세 명의 야쿠자에게로 향했다.

"끌끌끌."

그들을 보자 자연스럽게 일본을 다스리는 풍신, 그리고 뇌신을 떠올렸고, 절로 웃음으로 이어졌다.

자그마치 천 년에 가까운 세월이다.

아버지의 복수를 위해 분노를 삭이며 살아온 세월이.

풍신과 뇌신을 마주하며 없던 웃음마저 보였었다.

그런 자신을 보며 비웃었을 풍신과 뇌신.

'이제 남은 건 네놈들의 참회의 시간뿐이다. 참회의 대가는 당연히 죽음일 것이고.'

폐안의 신형이 그 자리에서 사라졌다.

그리고 다시 모습을 드러낸 곳은 세 야쿠자의 등 뒤였다.

쿵—

자그만 결계가 옥상에 씌워지고.

"쿠허어어엉!"

폐안의 울음이 결계 안을 뒤덮었다.

*　　　*　　　*

"후우—."

성황신의 힘을 이어받아 그를 대신해, 저승의 땅을 불러내자 이화는 탈진하듯 바닥으로 쓰러졌다.

"어, 어머니!"

예서가 헐레벌떡 뛰어와 그녀를 부둥켜안았다.

"크하아아악!"

그런 둘을 향해 리빈이 살기를 담아 덮쳐갔다.

"읍!"

그가 달려들자 예서는 몸을 바르르 떨며 몸으로 이화를 덮어 그녀를 보호했다. 하지만 두려움마저 떨쳐내지 못한 듯 예서는 눈을 꼭 감은 채 몸을 잘게 떨 뿐이었다.

그때였다.

사락~

봄바람처럼 가느란 바람이 그녀의 등줄기를 훑었다.

"컥!"

이어진 신음.

예서는 멈칫멈칫 고개를 뒤로 돌렸다.

커다란 등이 눈에 들어왔다.

'바, 박현 님.'

그녀 앞에 선 이는 박현이었다.

박현은 리빈의 목을 움켜잡은 채 그의 얼굴을 잡아당겼다.

"오랜만이야."

박현은 리빈의 목을 타고 올라가는 뱀문신을 일견했다.

"나 기억하지?"

이어 씨익 웃음을 지었다.

"참으로 보고 싶었어."

그런 박현의 눈가로 마치 가면을 쓰듯 용의 비늘이 만들어지기 시작했다.

*   *   *

퍽!

리빈은 박현의 팔을 후려치듯 뿌리치며 뒤로 한 걸음 물러났다.

"누구냐?"

리빈은 목을 매만지며 이죽거리듯 물었다.

"크크크크."

그 물음에 박현은 웃음을 토해냈다.

"나 몰라?"

"이 새끼가 어디서 말장난을."

리빈이 사나운 기세를 내뿜자, 박현의 얼굴에 그려진 미소는 서서히 차갑게 식었다.

"모른다니, 알게 해줘야겠군."

팟!

박현의 신형은 흡사 그 자리에서 사라지듯 리빈에게로 달려들며 주먹을 휘둘렀다.

후아아악!

리빈은 뒤로 한 걸음 물러나며 팔을 들어 그 주먹을 막아 갔다.

하지만 리빈은 그 주먹을 너무나도 가볍게 여긴 탓일 까.

우득— 쾅!

박현의 주먹에 그의 팔은 여지없이 부러졌고, 박현의 주 먹은 리빈의 코를 뭉개버렸다.

"픕!"

리빈은 피를 토하며 두어 걸음 물러나는가 싶더니 바닥 에 처박혔다.

박현은 입가에 흐르는 피를 닦으며 몸을 일으켜 세우는 리빈을 향해 다가갔다.

엉거주춤 일어난 리빈과 박현의 눈동자가 마주쳤다.

"이 새끼."

박현이 미소를 쪼개자, 리빈 역시 피가 묻은 붉은 이빨을 드러내며 웃음을 드러냈다.

그러면서 리빈은 슬쩍 오른손을 활짝 펼쳤다.

츠츠츳~

그의 손바닥에서 검은 뱀 한 마리가 스르륵 기어 나와 박 현의 종아리를 물었다.

"크크크크!"

흑사가 박현을 물자, 리빈은 비릿한 웃음을 터트리며 자리에서 일어났다.

"특이한 능력이군."

박현이 다리를 툭 털자 흑사는 단숨에 몸이 녹아 한 줌의 흑수가 되어 바닥으로 떨어졌다.

이어 시큼한 독 내음이 코끝을 간질였다.

"어, 어찌?"

어지간한 신이라도 흑사의 독이라면 빈사에 빠질 터인데, 반대로 흑사가 독에 녹아내리다니.

당황한 리빈 앞으로 박현이 성큼 다가가 다시 목을 움켜잡았다.

그제야, 리빈은 반가면을 쓴 듯 박현의 눈을 뒤덮고 있는 용의 비늘을 알아차렸다.

"뱀의 일족인가?"

용의 비늘을 뱀의 것이라 착각한 리빈의 표정은 금세 풀어졌다.

리빈은 다시 자신의 목을 움켜쥔 박현의 손에 자신의 손을 가져갔다.

"사하악!"

그러자 그의 손에서 다시 흑사가 튀어나와 박현의 목을 휘감았다.

흑사는 박현의 눈앞에서 이빨을 드러낸 뒤 눈을 깨물어
갔다.

파삭!

흑사가 박현의 눈을 무는 순간, 그의 이빨이 부서져 나갔
다.

툭— 후드득

박현이 귀찮다는 듯 손을 휘젓자 흑사는 다시 한 줌의 흑
수가 되어 바닥으로 떨어졌다.

"무림인은 아니고 신족이었던가?"

박현은 리빈의 다리를 후리며 바닥으로 그를 내다꽂았
다.

"크크크크."

충격이 제법일 텐데 리빈은 낮게 웃으며 입을 열었다.

"제법이다만. 나는 뱀을 잡는 사냥꾼이다. 바로 너 같은
놈을 잡아먹는."

리빈의 몸이 불룩불룩 늘어나기 시작했다.

"우사첩(雨師妾)[3]이라고 들어는 봤느냐, 뱀족아. 크크
크!"

그의 몸이 배불뚝이 거인으로 바뀌었다.

"사하악!"

"사하악!"

그는 통나무처럼 굵은 팔을 박현을 향해 뻗었다.

그러자 그의 손에서 흡사 아마존의 아나콘다처럼 거대한 흑사 두 마리가 튀어나와 박현의 몸을 휘감았다.

비단 그 두 흑사만이 아니었다.

리빈의 흑사보다는 크기가 작다지만, 몸집을 무시할 수 없는 스무 마리가 넘는 흑사들이 일제히 날아와 박현의 몸을 칭칭 에워 감쌌다.

"ㅎㅎㅎㅎ!"

리빈은 비릿한 웃음을 삼켰다.

"홍아, 청아!"

그의 부름에.

목에 새겨진 뱀문신에서 마치 땅을 뚫고 모습을 드러내는 뱀처럼, 푸른 뱀과 붉은 뱀이 모습을 드러냈다.

"일단 저 녀석에게 지옥의 맛을 보여주어라!"

그의 귀 끝에 달린 푸른 뱀과 붉은 뱀은 요사스러운 기운을 내뿜으며 머리부터 발끝까지 박현을 칭칭 에워싼 흑사들 틈으로 비집고 들어갔다.

잠시 후.

파르르르—

박현을 파묻은 흑사 더미가 파르르 떨렸다.

"크크크크!"

청사와 홍사의 독으로 인해 고통에 몸부림치는 것이리라.

하지만 쇠사슬보다도 더 질기고 억센 흑사들의 포박에서는 벗어나지 못한 애처로운 몸부림일 뿐이다.

리빈은 느긋하게 걸음을 옮겨 흑사 더미로 손을 뻗었다.

그러자 마치 상처가 갈라지듯 흑사들 틈 사이로 박현의 몸이 살짝 드러났다.

"네놈이 탐나는구나! 내 너를 길들여 나의 수족으로 쓰마!"

리빈은 히죽이며 커다란 손을 활짝 펼쳤다.

그러자 손바닥에서 흡사 아귀의 입처럼 보이는 구멍이 만들어졌다. 그리고 그 구멍 안에서 기다란 촉수가 혀처럼 날름거렸다.

"흐흐흐흐!"

리빈은 기분 좋은 표정을 지으며 흑사들 더미로 손을 내밀었다.

그리고 박현의 몸에 손을 얹는 순간.

"……!"

리빈의 얼굴이 굳어졌다.

굳어진 얼굴은 서서히 붉게 물들어가며 일그러지기 시작했다.

"으으으!"

신음이 고통으로 점철된 입술을 비집고 흘러나왔다.

"끄아악!"

신음이 비명으로 바뀌는 데에는 그다지 큰 시간이 필요치 않았다.

툭!

그때 흑사 떼 더미에서 박현의 다리가 삐죽 나와 리빈의 가슴에 얹어졌다.

그리고.

촤좌좍— 푸학!

단숨에 리빈의 오른쪽 어깨가 찢어졌다.

"끄아악!"

리빈은 어깨가 뜯겨나가 피가 터벅터벅 쏟아지는 어깨를 부여잡으며 몸을 부르르 떨었다.

"흡!"

이어 눈이 부릅떠졌다.

후드드득— 후득!

흑사 떼가 단숨에 녹아내려 버린 것이었다.

"꺄아아아!"

"캬하아아!"

흑사 떼 안에서 껍질이 녹아내린 청사(靑蛇)와 홍사(紅蛇)만이 바닥을 나뒹굴며 고통에 몸부림치고 있었다.

퍼석!

박현은 청사와 홍사를 발로 으깨며 리빈을 쳐다보았다.

"이, 이놈!"

리빈은 발악에 가까운 고함을 내지르며 피가 잔뜩 묻은 왼손을 활짝 펼쳤다.

"스하아아악!"

그의 몸에서 반인반사의 뱀의 일족이 튀어나와 박현을 향해 덮쳐갔다.

그러자 박현은 손을 펴 손날을 만들었다.

그런 손날 끝에 검은 대합의 칼날이 세워졌다.

서걱!

단 일수(一手)에 뱀의 일족은 허무하리만큼 반으로 찢어져 내렸다.

박현은 핏물을 밟으며 리빈에게로 걸음을 내디뎌 거리를 좁혔다.

"끄으!"

리빈은 무심한 표정으로 다가오는 박현의 기도에 눌려 저도 모르게 한 걸음 뒤로 물러났다.

"스하아악!"

"스스슷!"

그때 스물이 채 못 되는, 사룡방 방도들의 홍사와 청사들이 일제히 박현의 등을 노렸다.

청사와 홍사들이 박현의 뒷목과 등, 허벅지를 물려는 그 때.

우르르르~ 콰광!

박현의 주위로 벼락이 만들어졌다.

이어 육신이 깨지며 황금빛을 담은 묵빛이 터졌다.

낙타의 머리 위로 사슴의 뿔이 쭉 뻗어났고, 토끼의 눈이 황금빛을 머금었고, 소의 귀 아래로 뱀의 몸이 강물을 유영하듯 하늘로 솟아올랐다.

뱀의 몸에 잉어의 비늘이 돋아나며 그 무엇보다 단단한 대합이 배를 뒤덮었고 호랑이의 발에 독수리의 발톱이 날카로움을 드러냈다.

흑룡.

신 중의 신.

태양의 화신이 이 땅에 현신한 것이었다.

"흡!"

"헉!"

"흐, 흐, 흑……."

흑룡, 박현은 열 남짓한 우사첩들을 내려다보았다.

그들은 흑룡의 현신에 입조차 제대로 떼지 못하고 와들와들 떨었다.

"쿠허어어어엉!"

흑룡, 박현이 그들을 보며 거대한 울음을 터트렸다.

펑! 펑! 퍼버벙!

그 울음이 훑고 지나가자 우사첩들의 몸이 폭발해버렸다.

피와 살점의 폭죽 속에 박현은 고개를 리빈을 쳐다보았다.

"으으으! 으아아아!"

리빈은 뒤로 돌아 도망치기 시작했다.

팟!

박현은 하늘을 유영하다 벼락처럼 바닥으로 내려서 인간의 모습으로 리빈 앞에 섰다.

콱!

박현은 리빈의 목을 다시금 움켜쥐며 얼굴 앞으로 잡아당겼다.

"아직도 나를 기억하지 못하나?"

박현의 물음에 리빈은 혼이 나간 듯 그저 턱을 달그락거리며 떨 뿐이었다.

박현은 리빈의 왼팔 손목을 움켜잡았다.

"으으! 으어!"

리빈은 고개를 마구 저으며 손을 빼려 했다.

콰직!

박현은 그의 왼 손목을 단숨에 바스러트렸다.

"끄읍!"

고통에 신음이 목구멍을 타고 나왔지만, 싱긋 웃는 박현의 미소에 급히 입을 닫았다.

박현은 다시 손을 올려 팔꿈치를 움켜잡았다.

"본인을 기억해야 할 거야."

콰직!

박현은 팔꿈치를 바스러트렸다.

콰직— 촤악!

이어 어깨를 바스러트리는 걸로 모자라 어깨를 찢었다.

"으아아악!"

결국 리빈은 고통을 참지 못하고 비명을 내질렀다.

박현은 공포에 질려 허겁지겁 도망치려는 리빈의 머리카락을 움켜잡아 바닥에 내려찍었다.

"사, 살려……."

"그건 본인이 원하는 대답이 아니군."

콰직!

박현은 그의 왼발로 시작해, 오른발, 두 정강이를 타고 양 허벅지를 발로 밟아 부러트린 것으로 모자라 온몸을 자근자근 바스러트렸다.

"끄아아아악!"

고통에 몸부림치는 리빈은 비명을 마구 질렀다.

"완희야."

"어, 어?"

"뼈살이꽃, 살살이꽃, 피살이꽃 부적."

피가 얼 정도로 차가운 박현의 목소리에 조완희는 리빈을 향해 꽃감관의 힘이 담긴 부적을 날렸다.

부적이 날아가 리빈의 몸에 닿자 마치 시간을 거꾸로 거스르듯 그의 몸이 되살아났다.

"허억! 허억! 허억!"

몸이 되살아나자 고통이 잦아든 듯 리빈은 거친 숨을 몰아쉬었다.

빠각!

박현은 다시 리빈의 손부터 해서 어깨까지, 그리고 발부터 해서 허벅지까지, 사지를 하나하나 잘근잘근 부숴갔다.

"끄으으— 으아아악! 차, 차라리 죽여!"

"그대는 본인이 허락하지 않는 이상 죽을 수 없어."

박현의 다시 그의 사지를 뭉갠 후, 다시 조완희에게 말해 그의 몸을 되살렸다.

그리고 다시 왼팔부터 으깨갈 때였다.

콰득!

더는 고통을 참기 어려웠던지 리빈은 혀를 깨물었다.

자살을 선택한 것이었다.

그는 피를 거칠게 토하며 박현을 올려다보았다.

혀가 잘린 고통이 적지 않을 터인데도 리빈의 얼굴은 평안했다.

"가, 가오이……앙쯔."

잘린 혀로 리빈은 마지막 욕을 내뱉으며 고개가 옆으로 툭 떨어졌다.

죽은 것이었다.

박현은 그런 그를 지그시 내려다보며 완희를 불렀다.

"혼살이꽃, 그리고 숨살이꽃."

혼을 살리고, 숨을 다시 쉬게 만드는 꽃.

"현아."

"……."

조완희가 박현을 불렀지만 대답은 없었다.

박현은 시퍼런 눈을 뜨고 죽은 리빈을 내려다볼 뿐이었다.

"휴우—."

조완희는 한숨을 내쉬며 혼살이꽃, 숨살이꽃 부적을 리빈에게로 날렸다.

부적이 그의 몸으로 스며들자.

"흐읍!"

죽은 리빈이 크게 숨을 들이마시며 눈을 떴다.

"죽고 싶나?"

박현의 차가운 말에 리빈의 눈동자가 파르르 떨렸다.

"죽고 싶으면 본인을 떠올려야 할 것이야."

박현은 다시 발을 들어 조완희가 애써 살려놓은 그의 머리를 단숨에 부숴버렸다.

"완희야."

머리가 부서진 터라, 조완희는 혼살이꽃과 숨살이꽃을 비롯해, 뼈살이꽃, 살살이꽃, 피살이꽃 부적을 동시에 날려 리빈을 다시 살려냈다.

"흐읍!"

그리고 다시 리빈이 큰 숨을 들이마시며 눈을 떴다.

두 번의 죽음이 선명하게 각인된 리빈은 박현의 눈빛에 아무런 생각조차 하지 못했다.

"으어어, 으아아아!"

리빈은 본능처럼 몸을 뒤집어 바닥을 기며 도망을 치려 했고, 박현은 축지를 밟아 그의 앞에 섰다.

히죽.

박현이 서늘한 웃음을 짓자.

"으아아악!"

리빈은 바닥에 머리를 찧으며 몸을 바르르 떨어야 했다.

박현은 그런 리빈의 다시 머리를 발로 밟아 깨트렸다.

"본인의 기억이 없을 정도로 본인이 네게 하찮은 존재였던가?"

박현은 발아래 피와 뇌수가 엉킨 리빈의 시신을 내려다보며 중얼거렸다.

"하지만 떠올려라. 무슨 일이 있어도. 너는 떠올려야 할 것이야."

박현은 그의 시신을 내려다보며 중얼거렸다.

죽은 리빈의 시신 위로 다시 꽃감관 부적들이 날아들었다.

*용어

1) 여보시오 치바다보소 삼십삼천이요……: 별신굿에서 성황신(서낭신)을 굿판으로 모시는 당맞이 굿에서 일부 발췌 및 각색.

2) 가오리방쯔(高麗棒子): 이 말의 어원은 수나라가 고구려를 침략했을 당시 고구려 군사들이 몽둥이로 폭행한 것에 대해, 훗날 수나라 병사들이 돌아가서도 두려움을 있지 못한데서 유래되었다 한다. 하지만 훗날 고구려 패망 이후, 어느 순간부터 얕잡아보는 말로 어의전성되었다.

3) 우사첩(雨師妾): 인간도 아니고 신도 아닌 요괴로, 뱀을 길들인 요괴이다. 두 손에 뱀을 한 마리씩 들고 있으며, 왼쪽 귀에는 푸른 뱀을, 오른쪽 귀에는 붉은 뱀을 걸고 있다 한다.

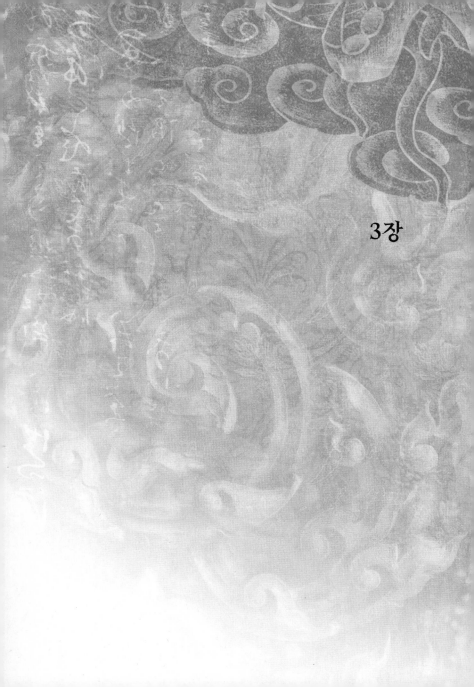

3장

　"허억!"

　의자에 묶인 채 리빈은 급격히 숨을 들이마시며 눈을 떴
다.

　반개한 눈꺼풀 사이로 드러난 눈동자는 썩은 동태처럼
흐리멍덩했다.

　초점조차 잡히지 않은 듯 멍하니 바닥을 내려다볼 뿐이
었다.

　자박—

　그의 시야로 신발이 들어오자.

　"흡!"

리빈은 짧게 숨을 삼키는가 싶더니 눈동자가 파르르 요동치기 시작했다.

그러더니 갑자기 숨이 짧아지고 거칠어졌다.

"아직도 기억이 안 나나?"

묵직한 목소리에 리빈은 몸을 와들와들 떨었다.

박현은 그런 리빈의 뒤로 걸어가 목에 손을 얹었다.

"으아아아아!"

그 손길에 리빈이 몸을 움츠리며 발버둥을 쳤지만, 그는 의자에 포박된 터라 박현의 손길을 벗어날 수 없었다.

"그러다 혼이 완전히 깨진다."

조완희가 한숨을 내쉬며 말했다.

"커억!"

박현이 그의 머리카락을 움켜쥐자 리빈은 두려움에 찬 짧은 신음을 터트렸다.

"본인에 대한 기억, 그것만 깨지지 않으면 돼. 아니 깨지더라도 다시 붙여야 할 거야. 편히 죽고 싶다면 말이야."

박현은 리빈의 머리를 잡아당겨 시선을 마주하며 말을 내뱉었다.

"으으으!"

두려움에 시선을 돌리던 리빈의 눈동자가 어느 순간 툭 멈추더니 동공이 확장되었다.

찰나지만 스쳐 지나가는 흐릿한 기억.

리빈은 그 기억을 더듬으며 시선을 천천히 박현의 얼굴로 돌렸다.

미세한 변화였지만 박현은 리빈의 표정을 놓치지 않았다.

그리고 그 감정의 원인이 무엇인지도

"이제야 기억이 난 모양이군."

박현은 만족한다는 듯 미소를 보이며 허리를 폈다. 그리고는 그의 앞에 섰다.

끼이익―

마당 구석에 나뒹굴고 있던 의자를 염력으로 당겨 그의 앞에 앉았다.

"서, 설마……."

리빈은 십여 년 전 앳된 얼굴을 떠올렸다.

정확히는 박현의 얼굴을 떠올린 게 아니라, 그날을 떠올렸을 뿐이었다. 그때 박현은 그다지 감흥이 깊지 않았기 때문이었다.

그저 흐릿하게 남은 게 전부였다.

하지만 리빈이 박현을 떠올린 이유는, 더는 떠올릴 기억이 없었기 때문이었다.

마치 살아온 삶을 해체하듯 기억을 쥐어짜냈던 리빈이었다.

그리고 마지막 남은 기억 한 조각.

그날의 기억들.

그 기억 속에 개미보다 못한 어린 남자아이.

리빈이 유일하게 기억하는 것은 기억 속 그 아이가 그저 남들보다 지독한 독기를 가지고 있었다는 것뿐이었다.

동시에 이 기억을 마지막으로 쥐어짜낸 이유는.

"……그날 죽었을 텐데."

가당치도 않은 독기를 가지고 발악하는 아이의 숨을 끊은 게 바로 자신이었다.

"죽었었지."

"……!"

"그리고 그런 날 살린 게 그녀였고."

리빈의 눈동자가 다시 흔들렸다.

"지금부터 네가 알고 있는 모든 걸 말해야 할 거다."

리빈은 그날의 기억을 자세히 기억하고 있었다.

왜냐하면 그날은 자신에게 있어 치욕적인 날이었으니까.

특별한 건 없었다.

박현이 가지고 있던 그날의 기억대로.

리빈은 사룡방주, 반룡에게 공녀를 바치기 위해 연화를 납치하려 했었고, 박현이 그녀를 보호하기 위해 리빈과 싸

웠었다.

당시 박현은 신의 피를 타고 났기에 일반인들과 다른 몸을 가지고 있었다지만 신의 힘을 깨우지는 못한 상태. 당연히 리빈의 상대가 될 리 만무했다.

박현은 흡사 장난감처럼 서서히 죽임을 당했었다.

해서 연화는 죽어가는 박현을 살리기 위해, 스스로를 포기했었다.

'도망쳐.'

그녀가 리빈의 살수를 대신 몸으로 받으며 한 말이었다.

'넌 살아야 해.'

죽는 순간 연화는 그 어느 때보다 환하게 웃었었다.

'내 몫까지 행복해야 한다. 응?'

그리고 그녀가 자신의 품에서 고개를 숙이는 순간, 박현은 그녀의 바람을 들어주지 않았었다.

아니 죽어도 못 했다.

박현은 리빈에게 죽일 듯이 달려들었지만, 허무하리만큼 힘조차 제대로 써보지 못하고 리빈의 손에 정신을 잃었었다.

죽은 줄 알았는데, 얼마 시간이 흐른 뒤 정신을 차릴 수 있었다.

그때는 리빈의 실수라든가, 아니면 경찰이 들이닥친 것

인지, 아니면 자신이 모를 피차 사정 때문인지, 리빈이 자신의 목숨을 완벽하게 끊지 못했었다 여겼었다.

그런데 지금 돌이켜보면 자신은 죽었던 게 분명했다.

다시 살아난 건 아마 채 피지 못했던 연화의 기운 덕분이었던 모양이었다.

"하아—."

박현은 고개를 들어 하늘을 올려다보았다.

파란 하늘이 보였다.

뭐라고 해야 할까.

허무했다.

미치도록 찾던 리빈이었고, 숨겨진 진실을 알고자 했는데.

"주체가 삼합회라고?"

"……그렇습니다."

이미 모든 것을 포기한 듯 순순히 대답했다.

"삼합회의 대가리가 반룡, 규룡, 신룡이고?"

"예."

"그들이 공녀를 원한다."

박현은 고개를 내려 리빈을 쳐다보았다.

"네놈들의 은거지는?"

물음에 리빈이 움찔거렸다.

"이, 인천입니다."

"차이나타운?"

"예."

"대림동이 아니고?"

"거기는 하위 조직들이 머뭅니다."

"인천 차이나타운이 다 너희들 은거지는 아닐 거 아니야."

박현이 리빈의 정강이를 툭 쳤다.

"읍!"

리빈은 경기를 일으키듯 몸을 바르르 떨었다.

"청홍루입니다."

박현은 고개를 끄덕이며 다시 질문을 이어갔다.

"삼합회에 대해서 다 말해."

"본거지는 홍콩, 마카오, 상해입니다. 홍콩을 지배하는
건 반룡, 마카오는 신룡, 그리고 상해는 규룡입니다."

"지배력을 행사하는 조직은?"

"홍콩은 사룡방, 규룡은 외각룡, 신룡은 14K입니다."

"사룡방, 외각룡, 14K."

박현은 그 세 조직을 머릿속에 담았다.

"야쿠자와 관계는?"

"우리가 원하는 공녀는 음녀(陰女). 일본의 풍신이 원하
는 건 양녀(陽女)라."

"풍신?"

"예."

"그럼 고베야마구치구미인가?"

"그렇습니다."

드르륵

듣고 싶은 걸 모두 들은 박현이 자리에서 일어났다.

퍼석!

"······씨발."

십수 번 경험한 죽음이었지만 여전히 익숙해지지 않은 듯, 박현이 그의 머리를 부술 때 리빈은 눈을 찔끔 감으며 나직하게 욕을 삼켰다.

"허억!"

리빈은 크게 숨을 들이마시며 다시 눈을 떴다.

"······왜?"

이제는 다시 깨어나지 않으리라 여겼는데.

"죽음이 감사하지 않은가?"

박현이 리빈을 내려다보며 물었다.

그 물음에 리빈의 얼굴이 화락 일그러졌다.

"이······."

리빈이 순간 발끈했지만, 다시금 찾아올 지옥 같은 고통이 떠오르자 어깨를 축 늘어트렸다.

"……죽여주셔서 감사합니다."

"그래, 감사해야지. 죽어서도 감사해야 할 것이야."

퍼석!

끔찍한 소리를 끝으로 리빈의 의식이 다시 끊겼다.

『아―.』

리빈이 다시 정신을 차렸을 때 발치 저 아래 목이 날아간 자신의 모습이 보였다. 처참한 자신의 시신을 보자 끔찍했던 고통이 다시금 되새겨졌다.

죽음을 상기하고, 어떤 기운에 휩쓸려 어디론가 빨려들어 가는 느낌과 함께 항상 눈을 떴다.

이번에는 어떤 기운도 느껴지지 않았고, 자신을 끌어당기는 무엇도 없었다.

진짜 죽었구나 싶었지만 혹시나 몰라 마음을 졸였다.

저 악마 같은 놈이 또 마음이 바뀌어 불가사의한 힘으로 다시 자신을 살릴지 모른다는 불안감 때문이었다.

하지만 자신의 육신과 서서히 멀어지면서 차츰 공포에서 벗어나기 시작했다.

『휴우―.』

잠시 후, 하늘로 높이 올라가자 리빈은 안도의 한숨을 내쉬었다.

그때.

『......?』

하늘에서 하얀 빛이 내려왔다.

『아!』

저승으로 인도되는 빛인가 싶어 고개를 들어올렸다.

빛 아래, 검은 인형과 하얀 인형이 서 있었다.

눈이 따가울 정도로 밝은 빛 때문에 정확하게 그들을 볼 수 없었지만, 흑백의 색만큼은 신기하리만큼 눈에 들어왔다.

『......흑백무상(黑白無常)[1]이로군.』

그들을 보자 진짜 죽음이 실감 났다.

앞으로 어떤 저승이 자신을 기다릴지는 모르지만 지금은 죽었다는 것에 안도하고, 만족하고 기뻐했다.

『네가 리빈이라는 아이더냐?』

울림이 있는 목소리가 들려왔다.

『그렇습니다.』

목소리는 마치 웃음기를 참는 것처럼 가벼웠다.

뭔가 이상하다는 생각이 잠시 머릿속을 잠시 스치고 지나갔지만, 저승으로 향한다는 긴장감에 께름칙함은 금세 지워졌다.

『자, 가자. 나와 함께.』

검은 인형이 날아와 자신의 어깨에 팔을 툭 둘렀다.

『흐, 흑무상님?』

리빈은 고개를 돌려 흑무상을 쳐다보았다.

『……?』

검은 옷을 입은 이가 뭔가 이상했다.

『눈 깔아라, 이 좆밥아!』

『긴 시간 함께 할 아이니, 너무 그러지 마시게.』

그의 앞으로 하얀 옷을 입은 이가 내려왔다.

『……?』

눈앞에 내려선 이는 늙은 여인이었다.

그리고 그녀가 입고 있던 하얀 옷은 백무상의 것이 아니라, 한국 전통의 한복인 하얀 소복(素服)이었다.

『……!』

그제야 뭔가 잘못되었다는 것을 느낀 리빈의 눈이 부릅떠졌다.

『흐, 흑백무상이 아니로구나! 너, 너희는 누, 누구냐!』

『오구구구구.』

검은 옷을 입은 이, 욕강이 손으로 리빈의 턱을 긁었다.

『흑백무상을 기다리셨어요?』

『누, 누구…….』

『이 새끼, 이거 영 병신이네. 낄낄낄.』

욕강은 배를 잡고 웃는가 싶더니 얼굴을 화락 일그러트
렸다.

『어디서 이 땅에서 흑백무상을 찾아? 저승삼차사라면 모
를까.』

욕강은 다시 팔을 들어 리빈의 어깨를 감쌌다.

『이 엉아 힘들게 하지 말고, 가자. 응?』

그러면서 목을 강하게 죄였다.

『너를 손꼽아 기다리는 분이 계신다.』

『누, 누구⋯⋯?』

『누구긴. 전매귀 이선화님이지.』

『저, 저, 저, 전매귀가 왜 나를.』

전매귀에 사로잡히면 평생 저승도 못 가고 소멸될 때까
지 노예로 살아가야 한다. 그 끔찍함을 떠올린 리빈은 말을
심하게 더듬으며 물었다.

『왜긴.』

욕강이 턱짓으로 발아래를 가리켰다.

그곳에 한 여인이 서 있었다.

하늘에서 내려온 빛은 자신을 거쳐 그녀에게로 향해 있
었다.

쏴아아아아아—

거센 힘에 리빈의 몸이 땅바닥으로 처박히듯 내려갔다.

그렇게 다시 선 박현 앞.

박현이 씨익 웃으며 자신을 쳐다보았다.

『왜! 왜! 왜!』

리빈은 두려움에 몸을 떨면서 되물었다.

『본인은 널 죽여준다고 약속했지, 놓아준다고 한 적이 없었다.』

박현의 미소는 비릿하게 바뀌었다.

『으아아아아악!』

그 미소에 리빈의 비명이 구천으로 울려퍼졌다.

*   *   *

하늘에서 종이 한 장이 날아와 박현의 손에 쥐어졌다.

"거기가 은거지다."

폐안.

박현은 부산으로 시작되는 주소지를 한 번 읽었다.

"생각보다 빨리 움직여야 할 거야."

"……?"

"그 녀석들 연락 체계가 생각보다 촘촘해. 한두 시간 안으로 연락이 없으면 은거지를 버린다고 하더군."

박현은 미간을 찌푸리며 시간을 확인했다.

"바로 쳐야겠군."

"인천은?"

조완희.

"인천은 문제가 아닌데, 대림동도 있어. 치려면 동시에 쳐야 해."

"하긴."

조완희가 고개를 끄덕였다.

"삼합회는 일단 일본부터 처리하고 나서 고민해 보자. 근데 주소가 하나가 아니네요?"

박현은 폐안을 보며 물었다.

"위에 있는 주소가 메인이고, 두 번째 주소가 지하로 연결된 피난 가옥이야."

"주소 줘봐."

조완희는 스마트폰을 켜며 주소를 받아 읽었다.

"흠."

지도를 보자 조완희는 눈가를 찌푸리며 신음을 삼켰다.

"본거지는 일식집 별채에, 피난 가옥은 상가 하나 건너 일반 주택이라."

박현은 조완희 곁으로 붙어 위성지도를 봤다.

"직접 현장을 봐야 견적이 나오겠다."

"아 놔!"

그때 조완희가 구시렁거렸다.

"여기 일식집 맛집이란다."

"……?"

"손님들이 바글바글하다고."

조완희는 일식집과 관련된 글들을 찾아 읽으며 난감해했다.

"쯧."

박현은 혀를 나직하게 찼다.

"일단 가보자."

박현은 전화기를 들었다.

"형님 접니다. 다들 대기시켜놔 주세요."

《대기? 갑자기 왜?》

전화 상대는 신동진 형사였다.

"신인군 염전에 야쿠자와 삼합회가 연결되어 있어요."

《야쿠자랑 삼합회?》

"네."

《기동대도 대기시켜?》

"아무래도 그래야 할 듯하네요. 일단 부산 가서 현장 보고 나서 다시 연락드릴게요."

《그럴 게 아니라 부산으로 내려갈까?》

"일단 다들 집합하면…….."

박현이 말을 하는데 조완희가 그의 어깨를 툭툭 건드렸다.

"……?"

박현의 시선에 조완희가 턱으로 옆을 가리켰다.

"안녕."

마당 중앙 검은 구덩이 위로 초도가 얼굴을 내민 채 해맑게 웃으며 인사했다.

《여보세요?》

말이 끊기자 신동진 형사가 박현을 불렀다.

"잠깐만요."

《어.》

"여긴 어떻게?"

"폐안 형님이 불러서. 부산으로 가야 한다고?"

박현은 폐안을 슬쩍 일견했다.

폐안은 어깨를 으쓱 들어올렸다.

"예."

"형이 데려다줄게."

초도의 길.

그건 공간과 공간을 접어 어디든 몇 걸음에 갈 수 있는 그만이 가지고 있는 술(術)이었다.

축지로 부지런히 향한다고 해도 부산까지는 족히 한 시간은 걸릴 터.

"팀원들은 집합시켜 놔. 형이 옮겨줄 테니까."

박현은 고개를 끄덕이며 다시 전화기를 들었다.

"일단 집합 후 대기시켜 놔주세요."

《알았다. 집합하고 연락 줄게.》

"끊습니다."

전화를 끊은 박현은 조완희와 함께 초도의 길로 뛰어들었다.

*　　　*　　　*

어디서나 볼 법한 아담한 커피숍.

박현은 에스프레소 잔을 들며 건너편 일식당을 쳐다보았다.

문전성시(門前成市).

카메라로 식당 입구를 찍거나, 폰으로 식당을 배경 삼아 셀카를 찍는 등 일식당 앞 풍경은 딱 그 네 글자에 어울렸다.

"이거 이대로는 힘들겠는데."

조완희는 아메리카노는 마시며 말했다.

"아니."

박현은 에스프레소를 반 모금 마신 후 말했다.

"뭘 어쩌려고?"

조완희가 의아해하며 물었다.

"야쿠자."

"응?"

"어차피 조폭이잖아."

"그래서?"

"조폭은 조폭답게 해결해야지."

박현은 씨익 웃었다.

톡톡—

그때 뭔가가 발목을 살짝 두들겼다.

《데려왔……, 어어! 어어!》

고개를 내려 보니 바닥과 벽 사이에 자그만 검은 구멍이 피어났고, 초도가 살짝 얼굴만 내비치며 남들이 들리지 않게 전음으로 말을 건넸다.

그 뒤 뭔가 우당탕탕 소리가 들리더니.

《나 왔어야.》

서기원이 초도를 밀어내고 얼굴을 내밀며 해맑게 웃었다.

《우와아앗!》

하지만 서기원은 금세 옆으로 밀려났다.

《왜 밀고 그래야.》

《인마, 네가 먼저 밀었잖아!》

《에이, 뭘 그런 걸 다 기억하고 그래야.》

《기억하고 말고 할 게 어디 있어? 방금 밀었잖아!》

《아휴— 쑥스러워야.》

《쑥스, 뭐? 뭐 이런 벌거숭이가 다 있어?》

서기원과 초도의 투닥거림에 박현이 피식 웃으며 자리에서 일어났다.

박현이 조완희와 함께 자리를 옮긴 곳은 카페가 있는 3층 건물 옥상이었다.

화아악!

옥상 위로 커다란 검은 구덩이가 만들어지며 팀원들이 우르르 쏟아져 나왔다.

"아아아악!"

그리고 마지막으로 초도가 서기원의 귀를 잡아당기며 밖으로 튀어나왔다. 서기원은 깨금발을 뛰며 오두방정이란 오두방정은 다 떨었다.

"이놈의 자식이. 위아래가 없어도 말이야? 뭐가 어쩌고 저째? 쑥스러워? 쑥스러워어어어?"

초도가 서기원의 귀를 쭉 당기며 눈을 부라렸다.

"아따! 형님. 그만하시어야."

"뭐? 그만해?"

"자꾸 이러면 재미없어야."

"허—. 이런 망나니를 봤……. 으엑!"

서기원이 갑자기 품으로 달려들자 초도가 기겁했다.

"으아아아! 지, 징그럽게! 안 떨어져!"

서기원은 초도를 달싹 끌어안으며 배를 비비고, 얼굴을 마구 비볐다.

"서 도깨비의 비기! 필살애교!"

"떨어져, 인마! 주, 죽을래? 앙?"

"귀엽지 않아야? 귀여워 죽겠지야? 그지야?"

"읍! 읍!"

서기원의 육탄돌격에 초도는 급기야 헛구역질을 하기 시작했다.

"에라이!"

조완희는 보다 못해 성큼 다가가 서기원의 엉덩이를 발로 뻥 찼다.

"우에에엑!"

서기원은 바닥을 떼구르르 굴렀다.

"혀, 형님. 귀여운 동생이 죽어……."

서기원은 마치 죽음을 앞둔 이처럼 힘겹게 손을 뻗으며

초도를 불렀다.

"이 새끼, 그냥 죽엇!"

퍽!

초도는 몸을 부르르 떨며 뛰어가 서기원의 얼굴을 그대로 쳐올렸다.

"꾸엑!"

서기원은 돼지 멱따는 소리를 내뱉으며 정신을 잃었다.

*　　*　　*

"흠."

야스오는 벽시계를 흘깃 쳐다본 후 스마트폰을 내려다보았다.

"늦어지는군."

야스오는 폰으로 손을 가져가다 주먹을 두어 번 쥔 후 찻잔으로 손을 옮겼다.

뭔가 일이 생겼다고 판단하기에는 애매한 시간이었다.

혹여나 전화 때문에 일을 그르칠 수 있어 삼십여 분 정도 더 기다려볼 참이었다.

왠지 모를 불길함에 입 안이 텁텁해지는 것 같아 찻잔을 입으로 가져갔다.

"쯧."

하지만 그의 입술을 적셔줄 차는 없었다.

야스오는 혀를 차며 수하를 불렀다.

"녹차 좀 내 와."

"하잇!"

수하가 나가고.

우당탕탕탕!

차를 기다리는데 밖에서 어수선한 소리가 들려왔다.

"타케히로!"

야스오는 부산지부 조장을 불렀다.

"부르셨습니까?"

"무슨 일인데 이렇게 소란스럽나?"

"웬 아새끼가 식당에서 시비를 걸고 있습니다."

"아새끼?"

"보니 조폭은 아니고 동네 날건달처럼 보입니다."

"쯧."

야스오는 미간을 찌푸렸다.

"시끄럽지 않게 적당히 손봐서 내보내겠습니다."

야스오는 신경도 쓰기 싫다는 듯 손을 저어 축객령을 내렸다.

짧은 스포츠머리의 사내는 회를 질경질경 씹다가 탁자 위에 툭 뱉었다.

"아이 씨, 뭔 회가 껌이야 뭐야? 뭐 이래 질겨?"

작지 않은 목소리에 근처 식탁에서 밥을 먹고 있던 손님들이 움찔거렸다.

"더럽게 비싸게 처받으면서 꼴랑 여덟 점만 주냐?"

젓가락으로 횟감을 뒤적거렸다.

"퉷!"

다시 회 두어 점을 입에 넣다 말고 이번에는 바닥에 내뱉었다.

"에이, 쓰벌. 이걸 먹으라고 내온 거야?"

쾅!

스포츠머리의 사내가 식탁 다리를 발로 차자 그릇들이 우르르 엎어지며 부산한 소리를 만들어냈다.

"뭘 봐?"

우연히 옆 테이블 남자와 눈이 마주치자 사내는 젓가락을 역으로 잡아 찌르는 시늉을 하며 눈을 부라렸다.

겁에 질린 남자가 움찔하며 고개를 얼른 돌리자 그게 웃기다고 스포츠머리의 사내는 낄낄거렸다.

"아, 뜨거!"

따뜻하게 데운 사케에 손을 가져가더니 이번에는 바닥에 병을 집어던졌다.

"썅! 이걸 사람이 마시라고 내놓은 거야? 아니면 뒈져 죽으라고 내놓은 거야! 엉?"

스포츠머리 사내는 자리에서 벌떡 일어나더니 탁자를 들어 엎어버렸다.

와장창창창—

바닥은 금세 엉망진창이 되었다.

스포츠머리의 사내는 누가 말릴 사이도 없이 옆자리로 걸어가더니 다른 손님의 회를 손으로 잡아 간장에 척 발라 입으로 가져갔다.

"퉸!"

오물오물 씹더니 이내 인상을 쓰며 다른 회 위로 뱉어버렸다.

"에이. 뭘 이런 걸 먹고 그러쇼?"

"손님."

그때 주방장으로 보이는 이와 양복을 입은 사내가 다가와 스포츠머리를 불렀다.

"뭐야?"

스포츠머리의 사내는 능글맞은 웃음을 지어 보였다.

찰칵!

그때 카메라 셔터 소리가 들렸다.

"이런 쌍! 이것들이 뒤질려고!"

스포츠머리의 사내는 주방장을 옆으로 밀치며 폰을 들고 있는 여자에게로 걸어갔다.

그러면서 냅다 식탁을 걷어찼다.

와장창창창!

당연히 식탁이 엎어졌다.

"꺄아아악!"

"꺄악!"

식탁에 앉아있던 두 명의 여자는 겁에 질려 비명을 질렀다.

"어디서 사진을 찍고 지랄이야. 어? 죽고 싶어서 환장을 했어?"

스포츠머리의 사내는 반으로 깨진 접시를 마치 칼처럼 잡아 두 여자를 향해 위협했다.

턱!

그때 양복을 입은 사내가 스포츠머리의 사내의 손목을 움켜잡았다.

"그만해라."

"휴우—, 오늘은 사정상 이만 문을 닫겠습니다. 죄송한 마음에 음식값은 받지 않겠습니다."

주방장이 한숨을 내쉬고는 고개를 저으며 손님들에게 양해를 구했다.

안 그래도 분위기가 험악하고 불편했기에, 손님들은 금세 식당을 우르르 빠져나갔다.

좌라라라라—

손님들이 모두 빠져나가자, 양복을 입은 다른 사내가 셔터를 내리고 문을 잠갔다.

"주방장, 경찰서에 전화해서 오지 말라 해라."

"예."

"낄낄낄."

그때 스포츠머리 사내가 웃음을 터트렸다.

"전화 안 해도 돼."

"……?"

"어차피 경찰 안 와."

"…… ."

스포츠머리 사내의 말에 양복을 입은 사내가 미간을 찡그렸다.

"궁금하지 않아? 왜 안 오는지?"

퉁!

스포츠머리 사내가 발을 구르자 황금빛 기운이 퍼져나갔다.

그 기운은 하나의 결계가 되어 일식당을 뒤덮었다.

또한 그 기운은 스포츠머리 사내의 얼굴과 외형 또한 바꿨다.

"야쿠자 은거지를 터는데, 경찰이 오면 쓰나. 안 그래?"

스포츠머리 사내로 둔갑했던 박현이 제 모습을 드러내며 씨익 웃음을 지었다.

*용어

1) 흑백무상(黑白無常): 흑백무상, 중국의 저승사자
이다. 흑백무상은 흑무상과 백무상, 둘이 함께 움직여
흑백무상이라 부른다. 그들의 호칭처럼 흑무상은 검은
옷을, 백무상은 하얀 옷을 입고 다니며, 흑무상의 본명
은 범무구, 백무상은 사필안이다. 그들은 마치 죽은 이
들처럼 길게 혀를 내밀고 있다 한다. 그들은 풍도대제
(염마왕)의 명을 받아 그들을 지옥으로 안내한다.

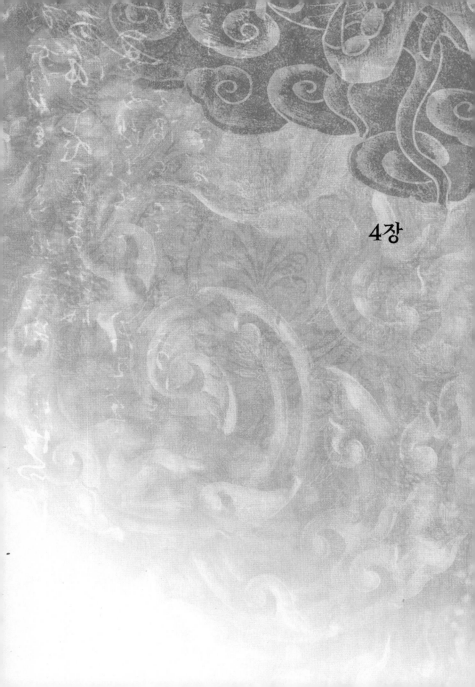

4장

쿵!

묵직한 울림이 박현의 발을 중심으로 퍼져나갔다.

그 울림이 얼마나 큰지 땅이 울리고 건물이 흔들릴 정도였다. 하지만 그건 어디까지나 그 울림을 마주한 이들의 착각일 뿐이었다.

땅도 울리지 않았고, 건물도 흔들리지 않았다.

어디까지나 박현과 마주한 이들의 마음이 울리고 흔들린 것이었다.

그리고 신체 변형이 깨지며 박현의 얼굴이 드러났다.

"누구냐?"

타케히로는 얼굴을 굳히며 물었다.

그도 그를 것이 단순한 발길질 한 번에 식당 전체를 기운으로 덮어 결계를 쳤다.

'서, 설마?'

타케히로의 눈동자가 커졌다.

천외천?

아닐 것이다.

조선의 무학(巫學)은 일본에 비해 깊다.

하물며 중국의 것보다도 깊지 않은가.

필시 자신이 모르는 술을 쓴 것이 틀림없었다.

여전히 폐쇄적으로 자신들만의 비기를 이어가는 닌자들이 그러한 것처럼.

"주방 인원은 별채로 빠져."

타케히로는 박현을 향한 눈빛을 거두지 않은 채 주춤하는 수하들을 향해 버럭 호통을 쳤다.

"조선의 무술(巫術)이다. 겁낼 것 없……."

팟!

그때 박현의 신형이 그 자리에서 흐릿하게 사라졌다.

마치 눈앞에 펼쳐진 신기루가 퍽 하고 사라지는 것처럼.

"꺽!"

사라진 박현을 찾으려던 타케히로는 순간 숨이 꽉 막히

며 호흡이 툭 끊어졌다. 동시에 목에서 엄청난 고통이 느껴졌다.

숨이 막혀 본능적으로 손을 휘젓자 뭔가가 팔에 툭툭 걸렸다.

"……!"

그런 그의 눈에 박현의 얼굴이 보였다.

"칙쇼!"

타케히로는 두 손으로 박현의 팔을 잡으며 몸을 띄웠다. 그리고는 있는 힘껏 발을 차올렸다.

퍼억!

생각보다 묵직한 타격음이 만들어지며 박현의 턱이 뒤로 젖혀졌다.

'제대로 들어갔다!'

이 정도의 충격이면 적어도 순간 정신을 잃었을 터.

타케히로는 두 다리에 힘을 줘 바닥을 디디며 두 팔로 박현의 손을 쳐냈다.

퍽!

두 팔을 쳐낸 후 손날에 검기를 만들어냈다.

술(術)의 검(劍)으로 박현의 목을 베어버릴 참이었다.

일본도보다는 못하겠지만, 능히 목을 베기에는 부족함이 없을 터.

"핫!"

제법 저항감은 있었지만 타케히로는 박현의 손을 뿌리친 후 곧장 손날에 기의 칼날을 만들어냈다.

쑤아아아—

날카로운 예기를 담은 칼날이 거침없이 박현의 목을 베어갔다.

콱!

"……!"

그때 박현의 손이 느긋하게 다가와 그의 팔목을 잡아버렸다.

그것도 어지간한 철판도 잘라버릴 기의 날이 세워진 칼날을 말이다.

"윽!"

박현이 칼날이 서 있는 타케히로의 손을 이리저리 살핀다고 팔을 뒤틀고 피기를 반복하자, 그의 입에서 신음이 흘러나왔다.

"이런 느낌이로군."

"칙쇼!"

타케히로는 악에 받친 듯 살심이 담긴 욕을 내뱉으며 왼손에 다시 기의 검날을 세웠다.

그 검날은 은밀하면서도 빠르게 박현의 턱을 노렸다.

마치 어퍼컷을 날리는 듯한 그의 손끝에는 창의 날보다도 더 뾰족하고 날카로운 기의 칼날이 삐죽 솟아 있었다.

"팔 하나는 필요 없겠지?"

가볍디가벼운 목소리였다.

그런데 그 목소리가 마치 화살처럼 타케히로의 귀에 박혔다.

그리고.

"큽!"

타케히로의 눈이 부릅떠졌다.

바르르 떨리는 턱과 입술 사이로 고통에 찬 신음이 입안을 헤집고 흘러나왔다.

푸학!

그런 그의 왼쪽 시야에 붉은 핏물이 튀어 올랐다.

반 박자 늦게 고통이 느껴졌다.

고통에 의해 부릅떠진 타케히로의 눈에 황금빛으로 물들어가는 눈동자가 눈에 들어왔다.

"고노야로[この野郎, 이 새끼야]!"

"시네[死ね, 죽어라]!"

뒤를 지키고 있던 야쿠자 둘이 품에서 소도(小刀)를 꺼내 박현의 등을 찔러왔다.

콰앙— 콰드드득!

박현이 발을 크게 내려찍었다.

그러자 바닥에 깔린 장판석이 깨지며 두 명의 야쿠자를 덮쳤다.

펑! 펑!

박현의 기운이 장판석을 타고 야쿠자의 몸을 덮치자, 그들의 몸은 그대로 폭발해버렸다.

그들의 피와 살점들이 사방으로 퍼지는 게 당연했지만, 그들의 피와 살점은 일정 공간을 벗어나지 못하고 바닥으로 떨어져 내렸다.

"누, 누구요?"

타케히로의 입에서 일본인 특유의 발음을 가진 한국어가 흘러나왔다.

"그건 네가 알 것 없고."

박현이 그를 허공으로 밀었다.

허공으로 뜬 타케히로는 마치 보이지 않는 올가미에라도 쓰인 듯 옴짝달싹하지 못했다.

"흡! 흡! 끄으윽!"

타케히로는 자신의 몸을 단단히 포박한 무형의 힘을 깨기 위해 안간힘을 썼지만 아무 소용없었다.

쏴아아아아—

그때 박현의 몸 주위로 면도칼처럼 자그만 수십 개의 기운이 만들어져 타케히로의 몸을 덮쳐갔다.

"헉!"

해일처럼 덮쳐오는 칼날들을 보자 타케히로는 이내 온몸이 난자되어 육신이 걸레조각으로 변할 미래를 느꼈다.

그 고통이 얼마나 지독할까.

타케히로는 이를 악물며 눈을 질끔 감았다.

자신은 자랑스러운 사무라이의 후예다.

죽을 때 죽더라도, 구차한 죽음은 아니었다.

사각!

옷이 베어지는 소리에 타케히로는 다시금 입술을 질끈 깨물었다. 혹여나 신음이 본능을 이기지 못하고 입술마저 비집고 흘러나오지 않게 하기 위함이었다.

쏴아아아아아아—

거대한 해일에 빠져든 듯한 소리에 타케히로는 몸을 잘게 떨었다.

"......?"

거대한 해일이 지나갔지만, 그의 몸에서 느껴지는 고통은 없었다.

달라진 것은 오로지 하나.

온몸이 시원하다는 것뿐이었다.

후드드득—

그리고 들려온 것은 무언가가 바닥에 떨어지며 만들어낸 파음이었다.

"흠."

그때 박현의 묘한 목소리가 그의 귀를 간질였다.

타케히로의 눈꺼풀이 짧게 떨며 그가 눈을 떴다.

박현이 자신의 앞에 바싹 붙어 자신의 몸을 훑고 있었다. 정확히는 자신의 문신을.

툭툭!

뒤로 돌아간 박현이 손가락으로 타케히로의 등 뒤 문신을 손가락으로 툭툭 두들겼다.

"컥!"

다른 누군가가 보면 손가락으로 가볍게 두들긴 것처럼 보였지만, 타케히로는 마치 커다란 해머로 두들겨 맞는 듯한 충격을 받고 있었다.

"검을 입에 문 붉은 오니[1]의 문신이라."

박현은 뒤로 서너 걸음 물러났다.

"오니의 힘을 카피한 것인 모양이군."

박현은 등 중앙 오니 문신을 벗어나 양팔과 다리로 뻗은 문신으로 시선을 옮겨갔다.

"단순히 힘을 빌려온 거라 생각했는데."

마치 검사들이 혈도의 길을 연 것처럼 이들도 주요 자리에 파도의 문신이 지나고 있었다.

자신이 검사라면 좀 더 정확하게 파악할 수 있었겠지만, 아쉽게도 자신은 무예에 대해 무지했다.

"이럴 줄 알았으면 완희와 함께……."

중얼거리다가 순간 멈칫했다.

그러더니 씨익 웃음을 지었다.

"표본 하나 살려놓으면 되겠지. 겸사겸사 검계에도 보내면 될 터이고."

박현의 눈이 별채로 향했다.

"표본은 이왕이면……, 좀 더 좋은 걸로."

박현의 눈이 다시 타케히로에게로 향했다.

"흠집이 없는 것이 좋겠지?"

박현이 눈이 왼팔이 잘린 어깨를 슬쩍 일견했다.

무심한 눈길에 담긴 살기를 느낀 타케히로가 순간 몸을 떨었다.

*　　*　　*

우당탕탕탕—

시끄러운 발걸음 소리가 복도를 어지럽히는가 싶더니 장지문이 부서질 듯 거칠게 열렸다.

"야, 야스오 보좌!"

"무슨 일인데 그러느냐!"

"본채에 들어선 조센징이 그냥 날건달이 아니었습니다."

"무슨 소리냐?"

"거, 검계로 보입니다."

"검계?"

야스오의 눈가가 찌푸려졌다.

"검계라. 끄응."

한국을 지배하는 두 개의 기둥 중 하나.

"봉황이 죽은 게 크군."

과거라면 봉황회를 통해 검계에 압력을 넣어볼 터인데, 지금은 그럴 수 없었다.

"빈자리가 너무 커."

용왕 문무는 자신들과 척을 지지는 않았지만, 그렇다고 화친도 하지 않았다.

"······저 야스오 보, 보좌."

말이 끝나지 않았는지 수하는 말을 다듬으며 겨우 입을 열었다.

"타케히로가 갔으니 적당히 처리하겠지."

"······그."

"일단 목숨은 거두라고 그래. 그래도 너무 난장판으로

만들지는 말고."

"야스오 보좌!"

야스오의 말에 수하는 눈을 질끔 감으며 소리치듯 입을 열었다.

"타케히로 형님이 손 한 번 써보지 못하고 죽었습니다."

"뭐라?"

야스오의 목소리가 커졌다.

"타케히로가 죽어?"

"그, 그렇습니다!"

"아무런 소리도, 기운도 느껴지지 않았는……."

그때 야스오의 얼굴이 굳어졌다.

"설마 문두들인가?"

검계의 다섯 꽃잎들.

"미치지 않고서야 계주가 나설 리는 없을 테고."

다섯 꽃잎에 피어난 황금빛 수술.

야스오는 천외천의 경지에 올랐다는 검계주 윤석을 떠올리며 고개를 저었다.

문두가 나섰다는 것만으로도 파장이 적지 않을 터인데, 검계주가 나섰다면 전쟁이다.

"그래도 모르니."

"너는 지금 당장 지부를 벗어나 본조로 돌아가라."

야스오는 벽에 걸린 일본도를 들었다.

"믿을 놈 하나 더 데리고 가라."

"……?"

"둘은 나가는 대로 각기 다른 루트로 본조로 가라."

"하이!"

수하는 고개를 숙인 뒤 재빨리 방을 빠져나갔다.

"후우—."

야스오는 일본도를 무릎에 올린 뒤 잠시 숨을 다스렸다.

쿵!

그때 조금 떨어진 곳에서 묵직한 기운이 느껴졌다.

감긴 눈꺼풀이 파르르 떨렸다.

기운이 느껴진 곳은 바로 자신들의 비밀 탈출 가옥인 탓
이었다.

야스오는 입술을 질끈 깨물며 눈을 떴다.

"……!"

그런 그의 앞에 박현이 앉아 있었다.

"네가 야스오인가?"

창!

그 말이 끝나기도 전에 야스오는 발검술로 박현의 목을
베어갔다.

*　　　*　　　*

처음에 동네 양아치가 뭣도 모르고 온 게 아닌가 싶었다.

요 근래에는 없었지만, 몇 년 전만 해도 가끔 있었던 일이었다.

하지만, 지금은 아니었다.

적이 쳐들어왔는데, 기운을 느끼지 못했다.

또한 피신 가옥이 결계로 뒤덮였다.

이게 뜻하는 바를 모를 야스오가 아니었다.

적이 하나가 아니었다.

그리고 충동적으로 쳐들어온 게 아니란 뜻이기도 했다.

'타케시.'

그 녀석을 보낸 게 화근이 된 것일까?

'아니야.'

비록 들짐승 같은 녀석이기는 하지만, 들짐승은 머리가 좋다. 거친 야생과 인간들의 틈에서 살아남는다는 게 쉬운 일이 아니았다.

타케시는 들짐승처럼 본능적 감각이 좋고, 머리도 좋았다.

일을 화끈하게 벌여도, 감당하지 못할 정도로 크게 벌이지는 않는다.

야스오는 고개를 털었다.

아직은 모르는 일이다.

일단 눈앞에 일부터 처리해야 한다.

은거지야 다시 만들면 그만이고.

생각의 정리를 마친 야스오가 눈을 떴다.

"······!"

그런 그의 앞에 한 남자가 앉아 있었다.

어떤 기운도 느끼지 못했는데.

순간 머리가 복잡해졌다.

하지만 하나는 안다.

마주한 자.

적이라는 것을.

척—

무릎 위에 올려둔 검자루에 힘을 줬다.

"하앗!"

야스오는 크지는 않지만 묵직한 기합을 내뱉으며 검날을
검집에 미끄러트리며 검을 휘둘렀다.

발도술.

가가각!

일본 검도의 정수 중 하나였다.

그 힘이 상상 이상이었던지 칼날에서는 희미한 불꽃마저

튀었다.

쐐애애애액!

날이 시퍼렇게 벼린 칼날이 박현의 목을 베어갔다.

눈을 뜨고 검을 베고.

이 모든 게 1초도 걸리지 않을 정도로 찰나의 시간 안에
이뤄졌다.

쑤악—

일본도가 박현의 목을 정확히 베고 지나갔다.

하지만, 야스오의 눈동자가 파르르 떨렸다.

손에서 그 어떤 느낌도 느껴지지 않았기 때문이었다.

"크르르."

등 뒤에서 들려오는 짐승의 울음소리.

야스오는 단숨에 뒤로 몸을 틀며 재차 검을 휘둘렀다.

캉!

검이 검은 무엇과 부딪히며 불꽃을 만들어냈다.

"크르르르!"

그런 야스오의 얼굴 앞으로 황금빛 눈동자가 불쑥 다가
왔다.

"너, 너는?"

야스오의 물음에 돌아온 답은.

콰아아악!

흑호의 날카로운 발톱이었다.

와지끈!

"으아악!"

파장창창창—

"끄아아악!"

장지문 밖으로 살육의 비명이 들렸지만.

"도대체 누구냐?"

야스오는 그러한 소리를 자각할 수 없을 정도로 놀란 눈으로 박현을 마주하고 있었다.

* * *

우당탕탕탕!

야쿠자는 벽으로 날아가 부딪힌 후 물건과 함께 바닥으로 떨어졌다.

그 일격에 야쿠자 다섯이 움찔거렸다.

척!

뒤에서 비형랑이 나서려 했지만, 서기원이 차단봉을 내리듯 도깨비방망이로 그들의 걸음을 세웠다.

"오늘은 구경만 해야."

"……?"

비형랑이 고개를 갸웃거리는 걸 미랑이 슬쩍 다가와 그를 뒤로 잡아당겼다.

'왜?'

서기원의 심상치 않은 기운에 비형랑이 입모양을 벙긋거렸다.

그런 비형랑의 궁금을 서기원이 풀어주었다.

"감히 본 깨비 앞에서 오니의 힘을 써야? 앙!"

와장창창창!

그의 일갈에 유리와 자기로 된 모든 것들이 산산이 부서졌다.

서기원은 울음을 터트리며 그들 사이로 뛰어들었다.

"일본의 잡것들이 여가 어디라고 지랄을 떨고, 지랄이어야!"

서기원은 앞에 서 있는 야쿠자의 머리를 도깨비방망이로 후려쳤다.

상상을 뛰어넘는 무력에 야쿠자들은 주춤 뒤로 물러났다.

"좋은 말로 할 때 들어와야! 안 들어오면 뒈져야!"

서기원은 야쿠자들을 향해 손을 휘휘 저었다.

"드, 들어가면?"

"뭘 물어야? 들어와도 뒈져야!"

팟!

서기원이 수소처럼 야쿠자들을 향해 달려들었다.

부우웅!

콰직— 콰광!

서기원은 손에 걸리는 건 야쿠자건 나무 기둥이건 가리지 않고 모두 부서져 나갔다.

"흐어어엉!"

울부짖는 서기원의 몸에서 기운이 수증기처럼 풀풀 흘러나왔다.

그 기운은 허공으로 흩어지지 않고, 어떤 형상을 만들어 갔다.

치우!

도깨비의 왕.

"헛!"

"흡!"

그런 서기원의 등 뒤에 맺힌 형상에 비형랑과 미랑은 저도 모르게 헛바람을 삼키고 말았다.

*   *   *

"여기 이렇게 있어도 됩니까?"

조완희는 마당에 쓰러져 있는 야쿠자를 쳐다보며 물었다.

"어둠이 있는 곳에 우리가 있다, 모르지는 않을 터인데."

한낮 태양 아래, 한 점의 그림자만 있어도 몸을 숨길 수 있는 어둑시니들이니. 대낮임에도 주변에서 어둑함이 느껴질 정도니 어둑시니들이 촘촘하게 주변을 둘러싼 게 틀림없었다.

조완희는 고개를 끄덕이며 부적을 하늘로 흩뿌렸다.

투웅—

부적은 하늘로 날아올라 지붕에 얹어졌다.

그리고 부적은 곧 결계를 만들어냈다.

"남은 건 기다림뿐인가?"

"두셋 정도면 좋겠는데."

침묵으로 일관하던 암적이 조용히 입을 뗐다.

"……?"

"나도 손맛을 본 지 오래되어서."

암적이 대놓고 씨익 웃어 보였다.

"오랜 시간 쌓인 것도 있기도 하고."

손맛보다는 케케묵은 분노 때문이 아닐까 싶었다.

그리고 얼마 지나지 않아.

끼이익—

허름한 현관문이 열리고 모자를 깊게 눌러쓴 사내 둘이 툭 튀어나왔다.

"······!"

그들은 자그만 마당에 서 있는 조완희와 암적을 보자 흠칫거렸다.

두 야쿠자는 대화는 없었지만 짧게 눈을 마주치며 말 없는 대화를 나눴다.

스르릉!

대화를 마친 듯 야쿠자 하나가 품에서 소도(小刀)를 뽑아 들었다.

"핫!"

소도를 든 야쿠자가 일말의 망설임 없이 조완희를 향해 뛰어들었다.

동시에 뒤에 서 있던 앳된 야쿠자가 재빨리 몸을 틀어 담벼락으로 뛰었다.

앳된 야쿠자가 담을 밟고 허공으로 몸을 띄웠을 때였다.

화아아악!

담벼락 그림자가 갑자기 커지더니 앳된 야쿠자의 다리를 휘감았다.

쾅!

검은 그림자는 앳된 야쿠자를 바닥으로 처박았다.

"컥!"

제법 큰 충격에 눈을 부릅뜬 앳된 야쿠자의 얼굴 위로 그림자가 불쑥 올라왔다.

그리고 그 그림자는 서서히 검은 정장 차림의 사람으로 변했다.

"히익!"

앳된 야쿠자의 표정이 일그러지는가 싶더니, 앳돼 보여도 야쿠자는 야쿠자라고 재빨리 허리춤에서 단도를 꺼내 어둑시니의 옆구리를 찔렀다.

푹!

한 번도 아니었다.

앳된 야쿠자는 그의 옆구리를 수차례 찌른 뒤 허리를 튕겼다.

틈을 타 몸을 내빼기 위함이었다.

"······!"

옆구리에 칼이 박히면 누구든 몸이 뻣뻣해지고 힘이 빠지기 마련, 그런데 올라탄 이는 여전히 묵직하게 자신을 누르고 있었기 때문이었다.

앳된 야쿠자는 억지로 고개를 올려 어둑시니의 옆구리를 쳐다보았다.

분명 그의 옆구리에 단도가 박혀 있었다.

하지만 피는 없었다.

그 순간 알아차렸다.

자신을 깔고 앉은 이가 인간이 아니라는 것을.

"끅!"

어둑시니가 히죽 웃으며 단도를 쥐고 있는 그의 팔을 움켜잡자 앳된 야쿠자의 눈가가 일그러졌다.

손목에서 어마어마한 고통이 느껴진 탓이었다.

"끄으!"

결국 손목뼈가 으스러지며 손에서 힘이 풀렸다.

어둑시니는 다른 손으로 자신의 옆구리에 꽂힌 단도를 뽑았다.

"치, 칙쇼!"

어둑시니는 단도를 앳된 야쿠자의 목으로 깊게 찔러 넣었다.

앳된 야쿠자는 분한 눈빛을 거두지 못하며 고개를 옆으로 툭 떨구었다.

그런 그의 눈에 또 다른 어둑시니의 칼날에 목이 베어 날아가는 선배 야쿠자의 모습이 담겼다.

＊　　＊　　＊

콰앙!

벽면이 움푹 부서지며 그 안에 야스오가 처박혔다.

"크."

야스오는 얼굴을 찡그리며 다시 몸을 일으켜 세웠다.

차장창!

야스오는 반으로 부러진 일본도를 옆으로 집어던지며 소도를 뽑아들었다.

스릉—

야스오는 소도를 뽑아 입에 문 뒤 너덜너덜 찢어진 상의를 찢듯 벗었다.

그러자 그의 상반신을 가득 채운 문신이 드러났다.

"후우—."

야스오는 왼손으로 다시 소도를 움켜잡은 뒤 오른손 엄지로 입가에 흐르는 피를 훔쳤다.

그러면서 앞에 서 있는 흑호, 박현을 쳐다보며 엄지에 묻은 피를 가슴에 일(一) 자로 그었다.

그러자 푸르스름한 문신이 피를 머금으며 붉게 변하기 시작했다.

단지 그뿐만이 아니었다.

문신은 마치 뿌리를 내리는 나무처럼 그의 얼굴로 올라와 안면을 뒤덮었다.

그렇게 드러난 문신의 형상은 붉은 오니의 얼굴이었다.

비단 문신뿐만이 아니었다.

그의 머리 위로 뿔 두 개가 삐죽 솟아났고, 이빨도 톱니처럼 뾰족하게 바뀌었다. 동시에 눈동자도 검은색에서 칙칙한 황색으로 바뀌었다.

『햐아—.』

박현은 흥미로운 눈으로 야스오의 변화를 쳐다보았다.

완벽한 오니의 모습은 아니었다.

정확히 표현하자면 오니의 탈을 쓴 인간이라고 해야 할까? 하지만 야스오의 몸에서는 오니의 기운이 확연하게 풍겼다.

"크르르."

그의 문신처럼 기운도 붉었다.

『아카오니(赤鬼)라고 했던가?』

붉은 오니.

오니 중 가장 호전적인 성향을 가진 일족이었다.

"크핫!"

야스오는 마치 포탄처럼 튀어나가며 박현을 향해 소도를 휘둘렀다.

부악—

박현은 옆으로 몸을 틀어 소도를 피하며 주먹으로 야스오의 턱을 올려쳤다.

팡!

하지만 야스오는 팔을 교차하며 박현의 주먹을 막아갔다.

물론 박현의 힘에 밀려 발이 10cm가량 떨어졌지만, 전처럼 힘에 완전히 눌린 모습은 아니었다.

오히려 여력이 남았던지 곧장 박현의 품으로 파고들며 소도를 마구 휘둘렀다.

서걱!

야스오의 날카로운 공격에 박현의 어깨와 옆구리에 가벼운 검상이 만들어졌다.

박현은 개의치 않고, 야스오의 검을 받아주었다.

"히익!"

야스오는 이를 악물며 거칠게 박현을 몰아쳤다.

그도 그럴 것이 한 치, 한 치만 더 깊게 베면 될 터인데, 그 한 치가 좁혀지지 않았다.

그의 검을 받아주던 박현의 눈에서 흥미가 서서히 사라지다, 어느 순간 식어버렸다.

사무라이의 힘의 원천인 문신에 대해 어느 정도 파악이 끝난 터였다.

턱!

박현은 자신의 배를 찔러오는 소도의 칼날을 그대로 움켜잡았다.

사각!

손가락이 베어지며 핏물이 주르르 흘러내렸지만 박현은 개의치 않았다.

쾅!

박현은 그의 가슴을 발로 후려찼고, 지금껏 박현을 몰아친 모습이 무색하리만큼 야스오는 다시 뒤로 날아가 벽에 부딪히고 난 후 바닥으로 쓰러졌다.

야스오가 재빨리 몸을 일으킬 때였다.

박현의 기운이 바뀌었다.

방 안은 검은 기운으로 가득 차 오르기 시작했다.

그 기운은 유리창으로 넘어오는 밝은 햇살마저 가렸다.

어둑해진 방 안.

유일하게 밝은 빛을 내는 건 황금빛 두 눈동자였다.

"크르르르르!"

그 어둠 사이로 용의 얼굴이 드러났다.

"크하아아아앙!"

용의 울음이 터졌고.

그 울음에 담긴 절대적 힘을 이겨내지 못한 야스오의 몸은 단숨에 경직되었다가 의식이 툭— 끊어져 버렸다.

*용어

1) 오니: 일본의 대표적 요괴이다. 원형은 불교에서 다뤄지는 야차이다. 머리에는 뿔이 있으면, 피부는 대체적으로 붉고 털이 많다. 또한 짐승의 거죽을 몸에 두르고 있으며, 뾰족한 돌기를 가진 쇠몽둥이를 가지고 있다 한다. 또한 성격이 사악하고, 가학적이다. 이 오니가 일제 시대에 우리나라에 주입되어 우리나라의 도깨비에 대해 그릇된 모습을 남겼다. 널리 알려진 동화 혹부리 영감이 그 좋은 예이다.

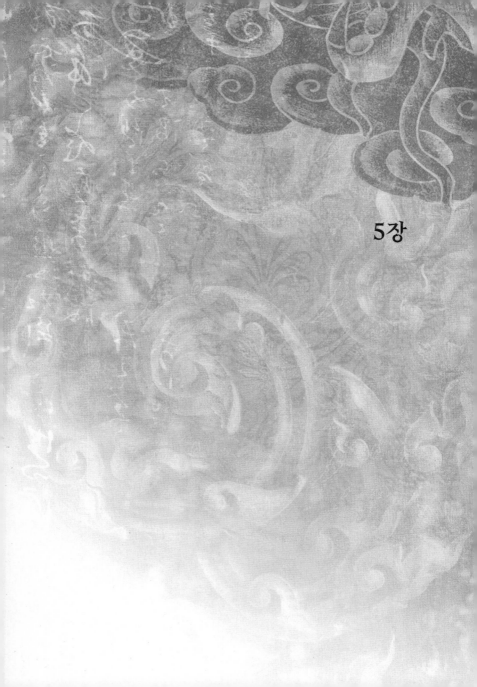

5장

천지각(天地閣).

검계의 오문.

그들의 중심인 다섯 문각 중 무문의 문각이었다.

하늘과 땅을 잇는 곳이라는 의미의 무문의 천지각 별실에 무문두를 비롯해, 이름난 만신들, 그리고 마지막으로 검계주 윤석이 한 인물을 내려다보고 있었다.

야스오.

"허어―, 이거 참."

윤석 계주는 그를 내려다보며 입을 열었다.

"죽은 건 아니고?"

"혼만 부쉈습니다."

조완희.

"그럼 반시체가 아닌가?"

"부적으로 혼을 대신해 조정할 수 있어, 크게 상관없습니다."

"언제나 박현 님의 행보는 내 생각을 뛰어넘는군."

그 말에 조완희가 피식 웃음을 삼켰다.

"부산이 쑥대밭이 되었다고?"

외부적으로는 검경 합동 '조폭과의 전쟁'이란 슬로건을 걸고 작전을 펼치고 있었지만, 내부적으로는 부산에 자리를 튼 야쿠자 지부를 깡그리 정리하는 중이었다.

"폭격이지요. 폭격."

박현이 폐안이 준 정보를 바탕으로 하루 만에 야쿠자 지부를 몰살시켰다.

"왠지 그걸로 끝날 것 같지 않은데."

윤석 계주가 조완희를 쳐다보며 물었다.

"검경 작전에 후속타가 있습니다."

"……삼합회?"

윤석은 삼합회를 떠올리며 물었다.

그 물음에 조완희는 고개를 끄덕였다.

"삼합회라."

솔직히 야쿠자와 삼합회의 존재는 검계에 있어 골치 아픈 존재였다.

하지만 여러 외적내적 이유로 이러지도 못하고 저러지도 못하고 적당히 견제만 하고 있는 상황이었다.

"그래서 현이가 외곽 서포터를 부탁드린다고 전해달라고 했습니다."

"외곽 서포터라."

윤석은 멋들어지게 기른 콧수염을 쓰다듬으며 고민에 잠겼다.

"아예 씨를 말려버릴 생각이로구나."

"그럴 모양입니다."

"일본도 그렇지만 중국의 압박이 장난이 아닐 터인데."

"하지만 대놓고 압박은 힘들죠. 이면의 일이니."

"흠."

"수성(守城)."

"수성이라. 그렇다면……."

수성, 그 단어는 항상 뒤에 다른 단어를 달고 있었다.

공성(攻城), 혹은 공격(攻擊).

그 말 한 마디에 윤석의 눈빛이 번뜩였다.

하지만 윤석은 그 뒤의 단어를 입에 담지 않았다.

"박현을 직접 만나야겠군."

"이삼일 안으로 직접 방문한다고 했습니다."

윤석은 고개를 끄덕이며 야스오로 다시 시선을 돌렸다.

아무래도 자세히 볼 필요가 있다 싶었는지 그에게로 다가가 쪼그려 앉았다.

"그나저나 이게 야쿠자의 힘의 원천이란 말이지."

윤석은 눈으로 '이레즈미(いれずみ)'라 불리는 야쿠자 문신을 쳐다보았다.

"근데 박현 님의 말처럼 도움이 되겠는가?"

"도움이 될 듯합니다."

조완희.

"……?"

"무문의 강신술과 궤를 같이합니다. 차이점이라면 무문의 강신술은 직접적인 강신이고, 이레즈미 문신술은 간접적 강신이라는 것이죠."

"간접적이라."

윤석은 고개를 들어 조완희를 쳐다보았다.

"그렇다면 무력이 약하겠군."

"하지만 체질만 맞는다면 누구나 신의 힘을 빌려 쓸 수 있습니다."

"흠."

"굳이 표현하자면 수제명품과 공장제품이라고나 할까요?"

윤석은 조완희의 비유에 표정이 진중하게 바뀌었다.

"또 문에 부족한 부분도 채울 수 있습니다."

"얻을 수 있겠나?"

윤석이 표정만큼 진중한 목소리로 물었다.

"당장은 어렵습니다."

하긴 쉬울 리가 있나.

족히 수백 년의 비기가 더해지고, 발전하며 이룩한 힘인데.

"설계도는 있는데, 핵심 엔진이 없습니다."

"엔진이라면……. 부적인가?"

윤석의 말에 조완희가 고개를 끄덕였다.

"거기에 운전사도 필요하구요."

운전사면 음양사다.

"핵심이 빠졌군."

윤석이 고개를 끄덕이며 말했다.

"……?"

윤석의 눈에 씨익 웃는 조완희의 웃음이 보였다.

"일단 설계도 따고 있으랍디다."

"박현 님이?"

"예."

"……?"

"쓸 만한 엔진이랑 운전수도 데려온다고 했습니다."

"허어—."

윤석이 다시 한번 감탄을 머금었다.

"일본을 뒤집을 생각인 모양이군."

그 물음에는 확답할 수 없었기에 조완희는 그저 어깨를 으쓱 들어 올릴 뿐이었다.

*　　　*　　　*

그 시각.

느긋한 점심을 마친 카즈나리 부회장은 담배를 입에 물며 식곤증이 주는 나른함을 즐기고 있었다.

"부회장, 하야시입니다."

"들어와."

평소 하야시 보좌역답지 않게 다급하게 사무실로 들어오자 카즈나리 부회장은 담배를 재떨이에 내려놓으며 그를 쳐다보았다.

"무슨 일이야?

"부회장."

목소리마저 심상치 않자 카즈나리 부회장의 미간에 주름이 패였다.

"부산지부에 큰 사달이 일어난 거 같습니다."

"사달?"

카즈나리 부회장의 목소리 끝이 올라갔다.

"연락이 완전히 끊겼습니다."

그 말에 카즈나리 부회장의 표정이 굳어졌다.

"야스오. 야스오는?"

카즈나리 부회장의 물음에 하야시 보좌는 고개를 저었다.

"타카시와도 연락이 닿지 않습니다."

"끄응!"

카즈나리 부회장은 주먹을 말아 쥐며 앓는 소리를 삼켰다.

"중간쯤 되는 녀석 두엇 부산으로 보내서 전후 사정을 알아봐."

"부, 부회장."

하야시 보좌는 '하이.'라는 대답 대신 난감한 목소리로 그를 불렀다.

"또 무슨 일이 있는 거야?"

"정확한 소식은 아닙니다만."

"……?"

"부산에 둥지를 튼 다른 조직들의 지부도 문제가 생긴 듯합니다."

그 말에 카즈나리 부회장의 표정이 단숨에 굳어졌다.

그게 사실이라면 단순한 사건이 아니었다.

"접촉은 해봤나?"

"다들 무구무언입니다."

"하긴 치부이니 쉽사리 입을 열지 않겠지."

아무리 천하의 고베야마구치구미라고 해서 모든 야쿠자들을 힘으로 윽박지를 수는 없었다.

"조직원을 보냅니까?"

하야시 보좌의 말에 카즈나리 부회장은 쉽게 대답하지 못했다.

툭툭툭—

카즈나리 부회장은 손가락으로 탁자를 두들기며 고민에 빠졌다.

"상황도 모르는데 무턱대고 보낼 수는 없지. 일단 보류해. 대신 부산쪽 조폭과 연이 닿은 곳 있지?"

"하이."

"그들을 통해 분위기 정도만 알아봐."

"알겠습니다."

"그리고 피해가 예상되는 조직과 다시 접촉해봐."

"쉽게 입을 열지 않을 듯합니다."

"어르고 달래서라도 입을 열게 만들어."

"하이!"

하야시 보좌는 카즈나리 부회장의 명에 허리를 접어 복명한 뒤 사무실을 빠져나갔다.

"노란 눈동자의 짐승……."

문득 카즈나리 부회장은 야스오와 타케시의 보고를 떠올렸다.

* * *

다음 날.

검각(劍閣).

서재에 윤석과 박현이 마주하고 있었다.

"입에 맞을지 모르겠습니다."

윤석은 내놓은 녹차를 눈으로 가리켰다.

"잘 마시겠습니다."

박현은 그가 내준 녹차를 한 모금 마셨다.

쌉쌀하면서도 깔끔하니 맛이 좋았다.

"좋군요."

"보성에서 올라온 녀석입니다."

박현은 윤석의 말에 고개를 끄덕이며 두어 모금 가볍게 입을 축였다.

"보자고 하신 건 삼합회에 관련된 일 때문이지요?"

조완희를 통해 이야기를 전해 들었었기에 별다른 부연 없이 바로 본론으로 들어갈 수 있었다.

"맞습니다."

박현은 찻잔을 내려놓으며 대답했다.

"외곽 서포트를 부탁한다구요?"

"그러려고 했는데 계획이 조금 바뀌었습니다."

"……?"

"폐안 형님이 그러더군요. 지금쯤 야쿠자 조직들이 지금 쯤 부산지부가 무너진 것을 알아차렸을 것이고, 얼마 안 가서 대응할 거라고."

"폐안이면 용생구자의……."

"맞습니다."

윤석은 폐안에 대해 떠올렸다.

일본에서 활동한다는 것은 알았지만, 그가 정확히 어떤 신분인지는 몰랐다.

"그리고 굳이 삼합회와 야쿠자를 동시에 상대할 필요가 있냐고 하더군요."

"흠."

"그래서 일단 야쿠자만 먼저 상대할 생각입니다."

"좋은 판단입니다."

윤석은 짧은 기우를 걷어냈다.

"허나 쉽지 않을 겁니다."

"어려울 것도 없지요."

박현이 찻잔을 들며 씨익 웃음을 지었다.

그 웃음의 의미를 알기에 윤석은 고개를 끄덕이면서도 조언을 아끼지 않았다.

"풍신, 뇌신. 하나라면 모를까 둘은 쉽지 않을 겁니다."

그 조언에 박현은 미소에 미소를 더할 뿐이었다.

"제가 윤 계주께 부탁하고 싶은 건, 한국 내 삼합회의 동향입니다."

"동향이라면, 눈과 귀가 되어달라?"

"그 정도까지는 아니고, 일본의 일이 어느 정도 처리가 되면 바로 칠 수 있게 해주시면 될 듯합니다."

윤석 계주는 간헐적으로 고개를 몇 번 끄덕였다.

"좋은 생각입니다. 굳이 하나씩 상대할 적을 둘로 늘릴 필요가 없겠지요. 삼합회 역시 눈엣가시이기도 했고."

윤석은 박현을 쳐다보았다.

"대가도 충분하고 말입니다."

"선불은 이미 받으셨으니, 잔금은 일이 끝나는 대로 넘겨드리지요."

선불은 야스오를 비롯해 폐안이 수거한 타케시였다.

당연히 잔금은 음양사였다.

그 말에 윤석은 흡족한 미소가 지어졌다.

"그럼 그리 알고 먼저 일어나겠습니다."

윤석은 박현을 따라 자리에서 일어났다.

"일본은 언제 가십니까?"

"지금."

"예?"

"지금 갑니다."

박현은 씨익 웃음을 남기며 검각을 나섰다.

*   *   *

경기남부지방경찰청 광수대 3팀 사무실.

그곳에 박현과 팀원들이 모여 있었다.

"일본으로 간다고야?"

서기원이 깜짝 놀라며 물었다.

"괜찮겠어요?"

미랑도 깜짝 놀랐다.

비단 둘뿐만이 아니었다.

다들 걱정스러운 눈으로 박현을 쳐다보았다. 하지만 엎어놓고 걱정하는 눈빛들은 아니었다. 박현의 진신을 알기 때문이었다.

그렇다 하여도, 일본은 적국(敵國) 아닌 적국.

외부적으로야 동맹국에 가깝지만 내부적으로는 적국이나 매한가지.

"괜찮아. 신분도 준비해놨고."

"박현 님을 모르는 건 아니지만."

미랑이 무언가 말을 더 하려 했지만 박현이 손을 들어 그녀의 말을 막았다.

"완희에게도 말을 해놨지만."

다른 이들과 달리 조완희는 별다른 표정의 변화 없이 담담하게 박현의 말을 듣고 있었다.

"인천 쪽을 잘 주시해."

"인천이라면."

"삼합회. 본조직이 그곳에 있어. 대림 쪽은 검계에서 체크해 주기로 했으니까, 신경 쓸 거 없고."

"지켜보기만 하면 되는 건가?"

안필현 대장.

"예. 드러난 조직이야 일반인들이겠지만 주요 간부들은 이면인들이니, 대장이랑 동진 형님은 뒤로 빠져 있으세요."

그 말에 안필현과 신동진이 고개를 끄덕였다.

"형님, 말 그대로 상황만 주시하세요."

박현이 최길성을 바라보며 말했다.

"알았다."

"청홍루, 거기가 사룡방의 본거지입니다."

"사룡방?"

안필현이 되물었다.

"아십니까?"

"사룡방이면 삼합회 상방(上房) 중 하나니까."

"상방?"

"삼합회는 야쿠자나 다른 조직과 달리 관계가 매우 느슨해. 심지어는 같은 조직 안에서도 각자 따르는 머리가 다른 경우도 있을 정도야."

안필현의 입에서 삼합회에 관하여 술술 흘러나오자 모두들 그를 쳐다보았다. 그 시선에 안필현은 어깨를 들어 보이며 말을 이어갔다.

"인터폴에 잠시 파견 나갔을 때 홍콩 쪽 경찰이 알려준 거야. 어쨌든."

안필현은 한 박자 쉰 후 다시 입을 열었다.

"단 절대적인 건 상방, 중방, 하방으로 나뉘는 방의 위치."

"흠."

"상방은 사룡방을 비롯해, 외각룡, 14K, 사해방, 죽련방 정도로 알려져 있어."

"……?"

박현의 눈에 의아한 눈빛이 만들어졌다.

리빈의 말에 의하면 삼합회는 분명 반룡, 규룡, 신룡의 손에 있다 하였다. 그런데 상방의 조직이 셋이 아닌 다섯이라.

"그 외에 흔히 알려진 송련방, 북련방, 칠성방 등은 중방이고."

안필현은 박현의 의아함을 알아차리지 못한 듯 말을 계속 이어갔다.

"하방은 뭐~, 진짜 삼합회는 중방부터라고 봐도 될 거야. 하방은 잔챙이에 그냥 칼받이 정도일 뿐이니까. 그리고 중방의 수도 워낙 많고, 그 이름도 하루가 멀다 하고 바뀌니 정확히 파악하는 건 힘들다고 하더군."

박현은 고개를 끄덕이며 이선화를 쳐다보았다.

"선화야."

"네."

"리빈 불러."

그의 말이 끝나기가 무섭게 이선화의 앞으로 푸른 귀기가 감도는 리빈이 툭 튀어나왔다.

『흡!』

리빈은 박현을 보자 놀라 눈을 부릅떴다가 이내 몸을 와들와들 떨기 시작했다.

"리빈."

『예? 옙!』

"삼합회는 규룡, 반룡, 신룡의 것이라 하지 않았나?"

『마, 맞습니다.』

"삼합회는 상방, 중방, 하방으로 나눠져 있다고 하더군."

『…….』

"상방은 필시 그 세 마리 용의 수족일 터. 그런데 어찌 상방의 조직이 다섯이지?"

리빈을 향한 박현의 눈매가 가늘어졌다.

『저, 절대 소, 속인 게 아, 아닙니다.』

리빈은 귀신이 되었어도 박현에 대한 두려움을 떨칠 수 없었던지 바닥에 바싹 엎드리며 용서를 구했다.

"자세히 설명해 봐."

『사해방과 죽련방은 각각 응룡 님과…….』

"응룡 님?"

『아, 아니. 응룡과 촉룡의 수족 단체입니다.』

리빈은 재빨리 호칭을 정정했다.

『그리고 사해방과 죽련방은 삼합회 소속 상방이기는 하나, 삼합회 내 영향력은 없습니다. 다만 응룡과 촉룡의 의사를 간접적으로 전달하는 조직입니다.』

"내가 듣기로는 영향력이 대단하다고 하던데."

안필현.

웬 인간이 묻자 리빈은 기분이 나쁜 듯 인상을 찌푸렸다.

퍽!

그때 손 하나가 날아와 리빈의 뒤통수를 후려갈겼다.

『이런 씨부럴 놈이 어디라고 눈을 부라려? 앙? 눈깔에서 먹물을 쪽 빨아먹어 버려 버릴까 보다.』

욕강은 리빈의 뒤통수를 발로 밟으며 '헤헤' 거리면서 박현을 향해 손을 비벼댔다.

『괜찮으면 소인이 잠시 교육을 다시……..』

"교육은 나중에 하고."

그 말에 욕강이 리빈의 머리를 쿡 밟았다.

『아무래도 응룡과 촉룡의 수족이다 보니 영향력이 아예 없지 않으나, 직속 조직 외에 중방에 영향력을 행사하지는 못합니다.』

리빈은 머리가 땅바닥에 박힌 채 재빨리 대답했다.

"또 본인이 알아야 할 것이 있나?"

『응룡과 촉룡의 사해방과 죽련방은 상방에서 변화가 없

으나 나머지 세 조직은 상황에 따라 변동이 있을 수 있습니다.』

"변동이 있을 수 있다……."

박현은 턱을 괴었다.

"한국은 사룡방 관할인가? 아니면 사룡방만 진출한 건가?"

『사, 사룡방의 관할입니다.』

"사룡방의 관할?"

『저, 정확히는 반룡의 관할입니다.』

"그 말은 언제든지 다른 조직으로 바뀔 수 있다는 말이기도 하군."

『그리된다면 상방의 조직도 변화가 있을 겁니다.』

박현은 시선을 안필현에게로 옮겼다.

안필현이 고개를 끄덕이자 박현은 손을 저어 축객령을 내렸다. 그러자 욕강이 리빈의 뒷목을 움켜잡은 채 재빨리 사라졌다.

"일단 사룡방이지만, 다른 곳으로 바뀔 수 있다 이거지."

안필현은 중얼거리듯 말했다.

"홍콩 쪽에 인맥이 있으니까 연락을 취해볼게."

안필현이 말했다.

"대림 쪽까지면 몰라도, 그 정도면 우리가 책임지고 맡으마."

최길성.

"부탁합니다. 부탁해요."

박현은 안필현과 최길성에게 말하며 자리에서 일어났다.

"벌써 가시게요?"

이선화가 따라 자리에서 일어났다.

"가야지."

박현은 발아래 핀 검은 구덩이를 짧게 일견한 뒤 고개를 돌려 미랑을 쳐다보았다.

"너는 혹시 모르니까 준비하고."

"부르면 언제든지 달려갈게요."

미랑이 고개를 끄덕였다.

"조심해라."

"뭔 일 있으면 연락해야."

조완희와 서기원.

박현은 팀원들을 가볍게 둘러본 뒤 검은 구덩이로 몸을 날렸다.

익숙한 검은 공간이 박현을 맞이했다.

"왔어?"

그리고 그를 맞이한 건 초도였다.

"가자, 폐안 형님이 기다리신다."

박현은 초도와 함께 어둠의 길을 걸었다.

몇 걸음 내디뎠을까.

열댓 걸음 정도 되었을까?

사실 그 정도 걸음이면 걸었다고 말하기에도 애매할 정도의 거리였다.

하지만 초도가 손을 휘젓자, 검은 장막이 걷히고 새로운 풍광이 보였다.

그곳은 용생구자 첫째 비희의 상점 풍점이었다.

정확히는 쇼룸이 아닌 뒷공간 자그만 사무실이었다.

책상에서 서류를 보고 있던 비희는 사무실 벽면에 검은 구덩이가 만들어지자 고개를 들었다.

"왔어?"

비희는 돋보기안경을 벗으며 박현과 초도를 맞이했다.

"안경 잘 어울립니다."

박현이 비희의 목에 걸린 돋보기안경을 눈으로 가리켰다.

"의미 없는 물건이지만, 의미가 있으니까."

비희는 피식 웃으며 자리에서 일어났다.

"가자, 폐안이 기다린다."

비희는 박현과 초도를 데리고 사무실을 나갔다.

뒤로 구불구불한 복도를 지나자 또 다른 사무실 문이 나왔다.

"……?"

"너는 처음이겠구나."

비희가 의문이 어린 박현을 보며 문을 열었다.

사무실 안은 마치 대기업 사무실처럼 부산스러웠다.

비희가 안으로 들어가자 시끌벅적하던 사무실이 조용해졌다. 안에서 업무를 보던 이들이 자리에서 일어나 고개를 숙였다.

"일들 해."

비희의 말에 사무실은 서서히 소음이 차기 시작했다.

셋은 파티션으로 만들어진 길을 지나 사무실로 들어갔다.

"오셨소?"

소파에 누워 있던 폐안이 일어나며 인사했다.

"여기가 나의 진짜 사무실이다."

비희는 익숙하게 소파 상석으로 갔다가 걸음을 돌려 옆자리에 앉았다.

"앉아."

비희는 맞은편에 앉으려는 박현을 상석으로 안내했다.

"……?"

"형제라 편히 대한다마는 너는 우리의 적자가 아니더냐. 그러니 편히 앉아라."

비희의 말에 박현은 고개를 끄덕이며 상석에 앉았다.

"그리고 별달리 볼 거 없지?"

암전이라고 해서 뭔가 있을 줄 알았는데, 별다른 건 없어 보였다.

"그런데 왜 이곳으로 본인을 부른 겁니까?"

박현은 고개를 끄덕이며 물었다.

"줄 게 있어서 불렀어."

비희는 품에서 자그만 반지함을 꺼내 내밀었다.

예상대로 반지함 안에는 은빛 민자 반지가 들어있었다.

"은은 아닌 거 같고. 화이트골드입니까?"

"미스릴."

"미스…… 릴?"

"다이아몬드보다 단단한 금속이라고 보면 돼. 이면에서도 귀한 광물이야."

박현은 호기심에 반지를 꺼내 살펴보았다.

겉면과 달리 피부에 닿는 안에는 매우 정교한 문양이 새겨져 있었다.

"마법 무구일 거 같은데."

"외형을 바꿔주는 무구야."

"외형?"

"이면의 힘에도 깨지지 않는. 천외천급 무구이지."

그 말을 들으며 박현은 반지를 손가락에 꼈다.

그러자 자신의 기운이 부드럽게 반지로 스며들었다.

*　　　*　　　*

며칠 후.

꽃문양 안 파(波) 자가 적힌 심볼 다이몽(大紋)이 유리창에 그려져 있었다.

파천회(波川會).

나미카와카이.

도쿄 긴자 거리.

긴자라고는 하나 거리 끄트머리 후미진 곳에 자리 잡은 야쿠자 조직이었다.

그곳 사무실에 누구는 숙취에 반쯤 졸고 있었고, 누구는 담배를 피우고, 몇몇은 화투를 치며 각자 저마다 편한 자세로 소파에 모여 있었다.

"계승식도 마쳤으니……."

"부회장."

그때 젊은 사내가 부회장 이리에 타다시를 불렀다.

"……?"

"그나저나 대단하지 않습니까?"

젊은 사내는 흥분한 듯 목소리를 키웠다.

"우리가 다시 스미요시카이 직계로 승격하지 않았습니까!"

"그리 좋으냐?"

"당연한 거 아닙니까!"

"빠가."

타다시는 젊은 사내의 머리를 툭 쳤다.

"카이쵸의 형제라니 나도 예상치 못하긴 했다만."

끼익—

그때 문이 열리고 날카롭게 생긴 사내가 안으로 들어왔다.

그가 들어오자 일제히 자리에서 일어났다.

"오셨습니까!"

"오셨습니까!"

하시모토 히로후미.

나미카와카이의 4대 카이쵸에 오른 이였다.

"다들 그동안 편히 쉬었나?"

그는 자신의 책상으로 걸어가 푹신한 회장님 의자에 몸을 파묻으며 물었다.

"하이!"

타다시는 간결하게 대답했다.

"명하신 대로 실컷 놀았습니다."

그 말에 회장 히로후미가 고개를 끄덕였다.

"그럼 슬슬 일 시작해볼까?"

히로후미는 책상에 발을 올리며 말했다.

"어떤……."

"이제 시작하는 겁니까?"

타다시는 들뜬 젊은 수하에게 눈치를 주며 다시 자신들의 오야붕인 히로후미를 쳐다보았다.

"어떤 사업을 시작하실 건지……."

"도쿄에서 새롭게 시작할 수 있는 사업이 있기는 한가?"

"……?"

"빼앗아야지."

"예?"

"본인은 말이야. 긴자의 클럽 하나가 마음에 드는데."

"어떤 클럽을 말씀하시는 건지."

"클럽 난향(蘭香)."

그 말에 부회장 타다시 뿐만 아니라 사무실에 옹기종기 모여 있는 모든 이들의 얼굴이 순식간에 굳어졌다.

"오, 오야붕. 거기는……."

"알아. 고베야마구치구미의 구역이라는 거. 거기가 총사
제[1]인 코도카이(홍도회, 弘道會)의 구역이지?"

"그, 그렇습니다."

"일단 거기 주류랑 물수건부터 대볼까?"

히로후미, 아니 히로후미의 이름으로 나미카와카이의 오
야붕이 된 박현이 씨익 웃음을 지어 보였다.

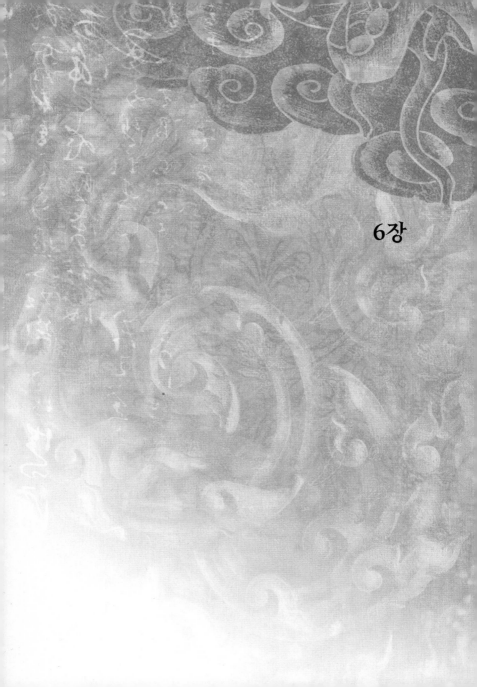

6장

부회장 이리에 타다시는 회장 하시모토 히로후미인 박현을 바라보았다.

나미카와카이.

자신의 조직은 스미요시카이의 제3산하조직이였다.

즉, 나미카와카이의 정확한 호칭은 스미요시카이(住吉会) 산하 요시카와 흥업(吉川 興業) 산하 나미카와카이였다.

좀 더 풀자면 지금은 은퇴한 선대 카이쵸는 스미요시카이의 간부직을 맡은 요시카와 흥업 사장인 두목의 간부였다.

한 마디로 말하면 제3산하조직이였지만, 제4산하조직이

나 매한가지인 힘없고, 이름뿐인 조직이란 말이었다.

그걸 여실히 나타내어 주는 것이.

현재 나미카와카이의 조직원은 자신을 포함해 겨우 11명이었다.

겨우 조직의 틀만 유지하고 있는 셈인 셈이다.

그랬던 자신의 조직이 승계식 이후 스미요시카이의 직계로 편입되었다.

눈앞에 앉아있는 서른 안팎의 새 카이쵸가 그런 조직을 이끌고 스미요시카이의 사제가 되어버린 것이었다.

어쨌든.

놀라운 일이기는 했다.

스미요시카이의 간판이 있는 이상, 더욱이 직계인 이상 이제 어디 가서 무시당하지 않을 위치에 올랐다. 하지만 그러한 위치에 올랐을 뿐, 그 격에 맞는 조직을 꾸리지 못했다.

그런데!

어디를 치자고?

클럽 난향?

타다시는 순간 자신이 아는 그 클럽 난향 말고 다른 난향이 있는지 머릿속을 뒤졌을 정도였다.

하지만 아쉽게도 그의 머릿속에는 난향이란 이름을 가진

다른 클럽은 없었다.

"노, 농담이시죠?"

"아니."

새로운 카이쵸 박현은 대수롭지 않게 대답을 툭 내뱉었
다.

"그렇죠. 농담이겠……, 예?"

"뒷골목 미친개가 뭘 그렇게 놀라고 그래?"

박현은 그의 별명을 입에 담았다.

"오, 오야붕. 아니 카이쵸!"

박현이 카이쵸에 오르고 난 후, 타다시는 조직원의 대표
로 그와 사카즈키 술잔을 나눴다.

"호, 혹시?"

옆에 있던 젊은 간부 하나가 떠듬떠듬 입을 뗐다.

"혹시 뭐?"

타다시가 험악한 표정으로 물었다.

"본회와 이야기가 된 것이 아닌가……."

젊은 간부, 히데오가 눈치를 보며 말꼬리를 흐렸다.

"본회?"

타다시의 머릿속에 스미요시카이가 떠올랐다.

야마구치구미에 비해 그 세력이 조금 뒤처졌으나, 지금
은 아니었다.

야마구치구미는 분란을 통해 2개의 거대 단체로 쪼개졌다.

그리고 자신들이 상대할 고베 야마구치구미는 스미요시카이보다도 규모가 작았다.

"오야붕!"

타다시의 목소리가 잘게 떨렸다.

두려움은 아니었다.

희미한 흥분이었다.

"이 녀석 말이 맞습니까?"

타다시는 뜨거운 콧바람을 훅 내뱉듯이 물었다.

싸하게 얼어붙어 있던 사무실 분위기가 훅하고 달아올랐다.

"아니."

"역시! 그렇…… 예?"

타다시는 고개를 끄덕이다가 눈을 부릅떴다.

"아마, 코도카이(弘道會)를 치면 파문장이 날아올걸."

"파, 파, 파문장이라니요."

타다시는 말까지 더듬으며 물었다.

"아무리 천하의 스미요시카이라고 해도, 상대가 고베 야마구치구미의 총사제인데. 그 정도면 전쟁이 일어나고도 남지. 안 그런가, 우리 부회장?"

당연한 말에 타다시는 고개를 끄덕일 뻔했다.

"그 정도 전쟁은 스미요시카이도 부담스럽지."

당연한 소리.

항쟁이란 단어가 작아 보일 정도로 엄청난 싸움이 벌어질 것이다.

"노, 농담이시죠?"

타다시의 말에 박현이 책상에 올린 발을 바닥으로 내렸다.

그리고는 책상 상판에 손을 얹어 깍지를 끼며 말했다.

"참고로 본인은 농담을 별로 안 좋아해."

"무리입니다."

"무리?"

"하이!"

타다시가 반항하듯 대답할 때 문이 벌컥 열렸다.

나미카와카이의 두 간부 중 하나인 코우고가 그의 사제 둘과 함께 안으로 들어왔다.

"다녀왔습니다, 오야붕!"

코우고가 허리를 숙였다.

"본인의 뜻은 잘 전하고 왔겠지?"

"적당히 겁도 주고, 윽박도 질러 우리의 뜻을 확실히 보이고 왔습니다. 그리고 마침 적당한 놈이 있어서 본보기를 보였습니다."

코우고는 가슴을 쭉 내밀며 말했다.

"서, 설마."

타다시가 눈동자를 파르르 떨었다.

"코우고!"

"예, 부회장님."

"너, 너 지금 어디 갔다 온 거야?"

"클럽 난향이라고. 왜 알지 않습니까? 긴자 최고의 클럽 중 하나인……."

"거, 거기를 왜! 네가!"

타다시가 자리에서 벌떡 일어나 소리를 지르듯 말을 내뱉었다.

"왜기는요. 오야붕이 거기 먹고 싶다고 해서 다녀왔는데요."

코우고는 이상하다는 듯 타다시를 쳐다보았다.

"이! 빠가야로! 우, 우리가 코도카이를 상대할 수 있을 리가 없잖아!"

"에이. 뭔 상관입니까. 우리도 이제 스미요시카이의 직계 아닙니까."

"고노야로!"

타다시는 몸을 부르르 떨었다.

그리고 코우고는 여전히 그 모습을 이해할 수 없다는 듯 그를 쳐다보고 있었다.

"너 지금 네가 한 짓을……, 하아!"

타다시는 그런 코우고에게 화를 내뱉으려다가 한숨을 푹 내쉬었다.

"그 일이 벌어지면 파면이다."

"예?"

"제, 제가요?"

코우고는 고개를 돌려 박현을 쳐다보았다.

"네가 아니라!"

타다시는 그런 코우고를 바라보며 다시 목소리를 키웠다.

"우리 나미카와카이 말이다!"

"히익!"

"네가 한 짓은 곧 전쟁을 하자는 소리다! 전쟁! 스미요시 카이와 고베 야마구치구미하고!"

"에―. 그, 그게."

그제야 상황을 파악한 코우고는 하얗게 질린 얼굴로 박현을 쳐다보았다.

"오, 오야붕."

"잘했어."

이 사무실에서, 박현만이 유일하게 웃음을 짓고 있었
다.

*   *   *

쾅!

"뭐? 지금 뭐라고 그랬어?"

고베 야마구치구미 총사제이자 코도카이 카이초인 기시
모토 사이조는 탁자를 내려치며 소리쳤다.

"면목 없습니다, 오야붕."

그 앞에 부회장 이시다 쇼로쿠가 허리를 숙였다.

"그놈들이 누구라고?"

"나미카와카미의 간부라고 했습니다."

"나미카와카미?"

사이조는 고개를 갸웃거리며 되물었다.

그의 기억 속에는 없는 조직인 탓이었다.

"스미요시카이의 산하조직입니다."

"스미요시카이?"

"며칠 전 새로운 카이쵸가 승계하면서 류오코(龍子)와 형
제의 잔을 마신 후 직계로 승격되었습니다."

그 말에 기시모토 사이조의 눈썹이 꿈틀거렸다.

류오코.

성은 누구도 알지 못하고 그저 이름만 알려진 사내.

스미요시카이의 카이쵸의 이름이며, 폐안의 또 다른 이름이기도 하였다.

"그 말은 곧, 멋모르는 놈들이 아니라는 건가?"

"그렇습니다."

"끄응."

머리가 복잡해지자 사이조는 앓는 소리를 삼켰다.

"오야붕."

"……?"

"제 생각에는 그들이 독자적으로 움직였을 거라고는 생각지 않습니다."

"그건 무슨 소리야?"

"나미카와카이의 새 카이쵸가 비록 스미요시카이의 카이쵸와 형제의 잔을 나눴다고는 하나, 그가 물려받은 나미카와카이는 야쿠자라는 간판을 달기에도 부끄러운 조직입니다."

"좀 더 자세히 말해봐."

"카이쵸까지 해서 겨우 열둘인 조직입니다, 오야붕."

"몇?"

"열둘입니다."

쇼로쿠의 말에 사이조는 기가 막히다는 듯 헛웃음마저 내비칠 정도였다.

"그러니까, 그 말은 스미요시카이가 의도적으로 벌인 일이라 이건가?"

"하이!"

쇼로쿠는 확신에 찬 목소리로 대답했다.

"어찌할까요?"

그 말에 사이조는 입술을 지그시 깨물었다.

"쓸 만한 놈 하나 마련해."

"텟포다마(鉄砲玉, 총알)²⁾로 쓰실 생각이십니까?"

"일단 그놈들 사무실에 총알 한 발 쏴."

사이조는 자리에서 일어났다.

"본부로 가십니까?"

"일단 구미쵸(組長)와 사제들을 만나보고 의논을 해봐야지."

따르르릉―

그때 구식 전화기에서 전화벨이 울렸다.

"하이! 하이! 하잇!"

공손하게 전화를 받은 조직원이 조심스럽게 다가왔다.

"오야붕, 본부에서 전화가 왔습니다."

"본부?"

"구미쵸 보좌입니다."

사이조가 손짓을 하자 조직원은 공손하게 전화기를 들고 와 그의 앞에 내려놓았다.

"사이조다."

《구미쵸 보좌 테츠오입니다.》

"무슨 일인데 전화를 한 건가?"

《혹시 조금 전 스미요시카이 산하 조직에서 협박이 들어오지 않았나 확인 차 전화를 드렸습니다.》

그 말에 사이조의 눈썹이 굼틀거렸다.

"왔었네."

《흠.》

사이조의 말에 수화기 너머 테츠오 보좌의 침음이 흘러나왔다.

"안 그래도 그 일로 카이쵸를 뵈러 가려 했었네."

《그렇군요.》

"그런데 그 일은 자네가 알고 있었군."

《사실 조금 전 스미요시카이의 카이쵸 보좌가 찾아왔습니다.》

"류오코의 보좌 말인가?"

《그렇습니다.》

사이조의 미간이 좁아지며 깊은 주름을 만들어냈다.

"뭐라고 하던가?"

《이번 사고를 유감이라고…….》

"유감?"

《자신들도 몰랐다며 당혹하게 받아들이고 있답니다.》

"이 새끼들이."

사이조는 이를 갈았다가 이내 크게 숨을 내쉬었다. 화만 내서는 안 될 일이기에 애써 마음을 가라앉혔다.

"그래서?"

중요한 건, 그들이 들고 온 사과의 선물이었다.

《현 류오코 카이쵸와 이 일을 벌인 나미카와카이의 새 카이쵸인 히로후미가 옛 인연이 있어 형제의 잔을 나눴는데, 설마 이렇게 사고를 칠 줄 몰랐다면서.》

"……."

《잔을 깨겠답니다.》

"사카즈키의 잔을?"

《하이.》

테츠오 보좌의 말에 스즈오의 눈이 살짝 커졌다.

"파문인가?"

《항쟁을 벌이지 않는다면 당장 파문장을 보내겠다고 했습니다.》

"파문을 한단 말이지."

스즈오는 주먹을 말아 쥐었다.

파문.

한마디로 끈 떨어진 연 신세가 된 것이었다.

"좋아. 받아들인다고 해."

달깍.

전화가 끊겼다.

"쇼로쿠."

"하명하십시오."

"나미카와카이인가 뭔가 찢어죽일 놈들한테 파문장이 내려질 거다."

"……!"

"항쟁 준비해."

"하이!"

쇼로쿠는 바닥에 머리를 찧듯 명을 받들었다.

*　　　*　　　*

그리고 그 시각.

콰당!

나미카와카이 사무실 문이 거칠게 열렸다.

그리고 검은 양복을 입은 사내가 안으로 들어왔다.

"뭐야……."

간부 히데오가 그 모습에 거친 투로 말을 내뱉다가 그의 가슴에 달린 스미요시카이 뱃지를 보자 말꼬리를 흐렸다.

그는 사무실 안을 둘러본 후 박현 앞으로 걸어왔다.

"히로후미 사제."

그는 양 무릎에 손을 얹으며 인사했다.

"본부에서 왔나?"

"그렇습니다."

그는 품에서 하얀 보자기를 꺼내 책상 앞에 내려놓았다.

"이건가?"

박현은 손을 뻗어 하얀 보자기를 펼쳤다.

그 안에는 반으로 갈라진 금잔이 담겨 있었다.

"흡!"

"헉!"

갈라진 잔을 보자 부회장 타다시를 비롯해 조직원들이 헛바람을 들이마셨다.

"파문이 결정되었습니다."

"생각보다 늦었군."

"절차가 있는지라."

그 말에 박현은 피식 웃으며 반으로 갈라진 잔을 다시 보자기로 덮었다.

"그리고 카이쵸께서 전언을 남기셨습니다."

"말해."

"내가 해줄 수 있는 건 여기까지다. 건투를 빈다, 나의 형제여. 이상입니다, 사제. 아니 카이쵸!"

그는 다시 예를 갖춰 무릎에 손을 얹으며 인사했다.

"수고했어."

"하이!"

그는 정중하게 몸을 돌려 사무실을 빠져나갔다.

"자! 다들 들었지?"

박현이 자리에서 일어나 조직원들을 보며 입을 열었다.

"드디어 파문이다!"

"오, 오야붕……."

"이제 항쟁은 피할 수 없다."

박현은 타다시를 보며 히죽 웃음을 지어 보였다.

"피할 수 없다면, 이겨야겠지. 안 그래?"

탕―

와장창창창!

그때 총소리와 함께 유리창 하나가 부서져 내렸다.

"항쟁을 알리는 축포가 울렸군."

박현은 고개를 돌려 창문 너머로 권총을 든 채 험악하게 쳐다보는 야쿠자 조직원을 내려다보았다.

"크크크."

그와 눈이 마주쳤다.

"가자! 뒷골목 들개들아!"

박현은 차가운 미소를 지으며 유리창 너머로 몸을 날렸다.

＊　　　＊　　　＊

경고를 날리기 위해 온, 코도카이(弘道會)의 조직원은 양복 품 안으로 손을 가져갔다.

"후우—."

권총을 움켜잡으며 긴장 어린 숨을 내쉬었다.

척!

주변을 살핀 후, 품에서 권총을 꺼내 2층 유리창을 겨눴다.

타앙!

커다란 창문이 와장창 부서져 내렸다.

총을 쏜 동시에 몸을 피하려던 조직원이었지만, 깨져 내린 창문 너머로 한 사내의 시선이 그를 사로잡았다.

"……!"

눈을 마주친 그는 총알이 날아들었지만 전혀 몸을 피하지 않았다. 오히려 총알이 날아온 방향을 지그시 바라보고 있었다.

차가운 눈빛에 처음에는 흠칫 몸이 굳었지만.

마치 지금의 자리처럼.

저 위에서 자신을 깔아보는 시선에 마음이 뒤틀렸다.

분노로 얼굴이 일그러지고, 다시 품으로 넣던 권총을 다시 뽑아들었다.

"고노야로!"

그리고 그를 향해 권총을 다시 겨눴다.

탕!

다시금 울린 총성.

사내는 그 자리에서 고개만 까딱여 총알을 피하고는 안으로 뭐라뭐라 중얼거리더니 다시금 자신과 눈을 마주치며 씨익 웃음을 지어 보였다.

흠칫!

그 눈빛은 먹이를 바라보는 포식자의 것이었다.

그리고 그 포식자는 자신을 향해 창문을 뛰어넘었다.

쿵!

박현은 창문을 넘어 총을 쏜 조직원 앞에 섰다.

"이 새끼! 죽엇!"

이제 스물이 갓 넘었을까.

앳된 얼굴이 남아 있는 조직원은 권총을 삐딱하게 들며 박현의 이마로 겨눴다.

"코도카이에서 보냈나?"

"낄낄낄."

이미 총소리가 울렸고, 주변으로 일반 시민들이 비명을 지르고 있었다.

도망치려야 칠 수 없는 상황.

또한 얼굴이 팔렸기에 감옥으로 갈 수밖에 없는 현실에 마주한 그는, 이제 이판사판이었다.

어차피 감옥으로 갈 거면, 눈앞에 서 있는 놈을 죽여야 했다.

조직의 위신을 살려야, 출소 후에 어중이떠중이 조직원이 아닌 당당한 간부가 될 수 있었기 때문이었다. 또한 조직의 위신을 살렸기에 조직에서 뒷바라지를 해줄 것이고, 감옥 생활도 편해질 것이 분명했기 때문이었다.

"그냥 죽어, 이 새끼야!"

끼릭—

권총의 슬라이더가 뒤로 젖혀지는 순간.

턱!

박현은 손을 들어 권총을 움켜잡았다.

"윽! 윽!"

슬라이더가 손에 잡히자 권총은 격발되지 않았다.

조직원이 용을 쓰고 방아쇠를 당기려 애를 썼지만, 슬라이더는 요지부동이었다.

"이 새끼!"

조직원은 험악한 얼굴을 하며 박현의 얼굴로 주먹을 날렸다.

퍽!

묵직한 타음이 만들어졌지만 박현은 미동조차 없었다.

오히려 씨익 웃음을 지을 뿐이었다.

"이런 썅!"

조직원은 박현의 눈두덩이와 턱에 있는 힘껏 주먹을 두 발 더 꽂았다.

"악!"

비명이 터졌다.

하지만 비명의 주인은 박현이 아니었다.

오히려 그를 후려친 코도카이 조직원이었다.

골절이 되었는지 권총을 손에서 놓은 채 주먹을 움켜잡으며 뒤로 물러났다.

박현은 성큼 걸어가 그의 이마에 권총을 가져갔다.

"히익!"

권총이 바로 눈앞에 보이자 조직원은 기겁성을 삼키며 허겁지겁 뒷걸음치다가 엉덩방아를 찧고 말았다.

곧 죽을 상황인데도 이면의 힘을 사용하지 않았다.

"쯧."

이면도 모르는 애송이였다.

퍽!

박현은 그의 가슴을 발로 차 땅에 눕혔다.

부욱—

박현은 그의 셔츠를 찢어버렸다.

야쿠자가 된 지 얼마 안 된 듯 조직원의 문신은 가슴에서 어깨까지 이어지는 문신을 하고 있었다. 또한 이면의 힘을 담아내는 주요 문양도 비어 있었다.

"끄윽!"

박현의 발에 밟혀 있음에도 그래도 야쿠자라고 허리춤에서 칼을 꺼내더니 박현의 종아리를 그어갔다.

서걱!

칼날에 박현의 바지자락이 베어졌다.

하지만 베어진 바지자락 사이로 드러난 맨살에는 어떤 상처도 없었다.

"히익!"

야쿠자는 놀라 눈을 부릅뜨는가 싶더니 박현의 종아리를 마구 베어갔다.

카각— 카가각—

하지만 철판을 긁는 듯한 파음만 만들어질 뿐 어떤 상처도 만들어지지 않았다.

"어, 어찌……."

도저히 믿을 수 없는 모습에 야쿠자는 눈동자를 파르르 떨며 박현을 올려다보았다.

"본인은 말이야."

박현은 발을 들어 그의 가슴을 내려찍었다.

콰직!

가슴뼈가 부러지는 소리와 함께 고통을 이겨내지 못한 그의 입이 쩍 벌어졌다. 하지만 폐부가 짜부라진 듯 입만 벙긋거렸지 신음은 흘러나오지 않았다.

"네가 아무것도 모르는 하룻강아지라고 해서. 불쌍하다 살려두지 않아."

박현이 미소 짓는 순간 조직원은 사신의 미소를 떠올렸다.

"큽!"

박현은 권총을 겨눴다.

"아, 안……."

탕!

조직원의 뒤통수에서 피가 터지고, 고개가 바닥에 떨어졌다.

박현이 고개를 들어 주변을 살펴보았다.

마치 유령마을인 것처럼 주변에 인기척은 없었다.

"이건 이거대로 마음에 드는군."

일본인 특유의 성향 때문인지, 아니면 워낙 악명 높은 야쿠자들의 싸움 때문인지 모르나, 주변에 얼씬거리는 이는 없었다.

애애앵— 삐뽀삐뽀—.

그때 경찰차 사이렌 소리가 들려왔다.

"오, 오야붕!"

동시에 자신의 수하들이 헐레벌떡 뛰어왔다.

"쯧."

박현은 그들을 못마땅하게 쳐다보며 죽은 코도카이 조직원의 허리춤을 잡아 사무실로 집어던졌다.

그리고 핏물이 자욱한 바닥으로 부적을 던졌다.

화르르르—

부적이 핏물에 닿자 푸른 불을 내며 핏자국을 지워냈다.

정확히 피를 없앤 것은 아니었다.

그저 환영으로 피를 덮어 가린 것이었다.

십여 일 정도면 핏물이 흐려질 터.

"타다시."

"하, 하이."

박현이 냉랭하게 그를 부르자, 부회장 타다시는 긴장한 표정으로 대답했다.

"일단 처리하고 올라와."

박현은 앞에 멈춰서는 경찰차를 턱으로 가리킨 후 사무실로 올라갔다.

십여 분 후.

"누군가 총을 쏘고 도망갔다고 했습니다."

타다시는 박현에게 보고하며 그 옆에 쓰러져있는 시신을 흘깃 쳐다보았다.

"타다시."

"예, 오야붕."

"겁나나?"

"……"

"본인이 듣기로는 그대의 별명이 뒷골목 들개라고 하던데. 아닌가?"

"맞습니다."

"덤벼드는 놈은 누구든 물어뜯었다고 하던데."

"……."

타다시는 말이 없었다.

"본인은 말이야. 본인을 따르는 이만 이끌고 갈 거야."

박현이 자리에서 일어났다.

"코우고."

"예? 예."

간부 코우고는 흠칫하며 대답했다.

"담아."

너무나도 싸늘한 명령에 코우고는 정신없이 사무실을 뒤져 허름한 포대를 가져와 시신을 담았다.

박현은 포대를 들며 타다시를 쳐다보았다.

"본인은 지금 코도카이로 간다."

그 말을 툭 내뱉으며 사무실을 나갔다.

"휴우―."

타다시는 한숨을 푹 내쉬며 고개를 돌렸다.

"오야붕."

타다시는 막 사무실을 벗어나는 박현을 불렀다.

"할 말 있나?"

"저 말입니다."

"……."

타다시가 입을 뗐지만 박현은 별다른 표정의 변화 없이 건조하게 그를 쳐다보았다.

"미친개로 살았습니다."

타다시는 고개를 돌려 형제들을 쳐다보았다.

"이 새끼들도 개로 살았죠."

툭.

"……."

박현은 시신이 담긴 포대를 바닥에 내려놓은 뒤 계속 이야기를 해보라는 듯 팔짱을 꼈다.

"겁도 없었고, 무서울 것도 없었습니다. 상대가 누구든 이빨을 들이밀었습죠. 그런데 말입니다."

타다시는 입술을 두어 뻔 씹었다.

"그리 살아봐도 별로 달라지는 건 없다. 남은 건, 죽은 오야붕과 오야붕 살리겠다고 날뛰다가 죽은 동생들이었습니다."

"그래서 꼬리를 말았나 보군."

"꼬리를 말았다, 라……."

홀로 중얼거리더니 고개를 끄덕였다.

"맞습니다. 꼬리를 말았습니다. 부글부글 끓는 속을 가라앉히려면 꼬리를 말 수밖에요."

타다시의 눈이 한순간이지만 매섭게 변했다가 사그라들

었다.

"방금 눈빛은 조금은 마음에 드네."

그 말에 타다시는 쓴웃음을 삼켰다.

"죽는 게 무섭나?"

그 말에 타다시는 고개를 저었다.

"어차피 죽는 인생 아닙니까?"

"그런데 왜 이리 사나?"

"선대 오야붕과 동생들의 복수 말입니까?"

타다시는 박현을 쳐다보았다.

"나 혼자라면 상관없습니다만, 동생들마저 죽음으로 내
몰 수 없지 않습니까."

"그건 또 그거대로 마음에 드네."

박현이 그를 바라보며 말을 툭 던졌다.

"누구야?"

"네?"

"선대 오야붕과 동생들을 죽인 놈."

"……?"

"말해 봐."

"……."

타다시의 표정이 굳어졌다.

"말해 보라니까. 누군지 알아야, 그놈 목을 따지."

"……오야붕."

"그놈 목은 본인이 따준다. 그럼 너는 본인에게 뭘 줄 건가?"

"오야붕. 농담도 지나칩니다."

"본인은 농담 별로 안 좋아한다고 했을 텐데."

박현의 목소리는 여전히 고저가 없었다.

"고베 야마구치구미의 부두목, 카즈나리."

"흐응?"

박현의 입에서 묘한 침음이 흘러나왔다.

"왜? 겁나십니까?"

"아니."

타다시의 이죽거림에 박현의 입꼬리가 말려 올라갔다.

"우리가 인연은 인연이다 싶군."

"……?"

"본인이 꼭 죽여야 할 놈이라서."

박현은 시신이 담긴 포대를 사무실 안으로 다시 집어던졌다.

"어디 냉동고라도 구해서 넣어놔."

"……?"

"……?"

박현의 말에 다들 눈을 껌뻑이며 그를 쳐다보았다.

"좀 이르기는 한데. 그놈부터 죽여 볼까?"

박현은 당황하는 타다시를 쳐다보며 씨익 웃었다.

*용어

1) 총사제: 총사제. 원래는 야쿠자 조직에 없는 직책이다. 야쿠자 두목과 형제를 맺은 이들의 우두머리라는 뜻의 사제두(舍弟頭)의 번역쯤으로 보면 된다. 야쿠자 조직도는 매우 복잡하고, 그 직책들을 그대로 가져오기가 어렵기에 본 작품에서는 작가의 창작이 가미된다.

2) 텟포다마(鉄砲玉, 총알): 야쿠자 계의 은어로 쓰이는 말로, 텟포다마가 행하는 일은 두목이나 간부를 대신해 체포당하기, 공포 심어주기, 혹은 히트맨으로 적의 수뇌를 암살하기 등이다. 이러한 일로 적대조직에 힘을 과시하며 한편으로 자신들에게 이러한 일을 하는 조직원들이 많음을 알리는 수단이기도 하다.

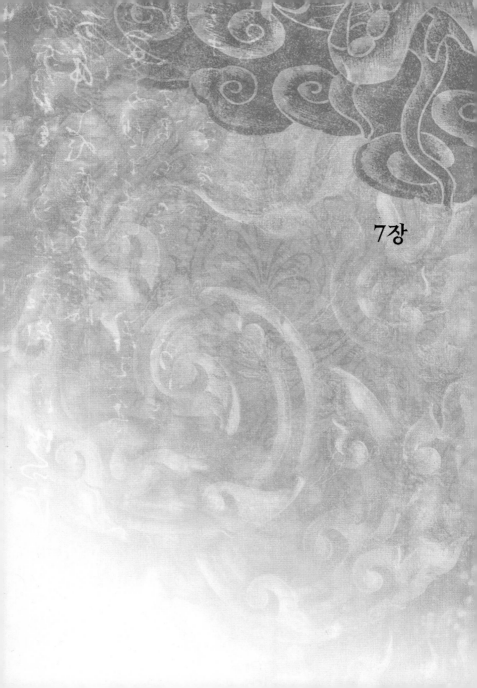

7장

"자! 타다시."

박현이 순간 당황하는 타다시를 바라보며 그를 불렀다.

"본인이 그를 죽이면, 아니. 그대가 꼬리를 만 그놈을 본인이 죽여주면 그대는 본인에게 무얼 줄 것이냐?"

오만하다 느낄 정도로 오연한 박현의 눈빛에 타다시는 얼굴을 굳혔다가 입술을 지그시 깨물었다.

"부회장. 아니 형님!"

코우고.

유일하게 눈빛을 죽이지 못하고 살아가는 놈이었다.

그런데 그런 눈빛을 띠고 있는 이가 코우고, 그놈 하나만이 아니었다.

다들 숨겨두었던 살기 아닌 살기를 눈에 한가득 머금고 있었다.

평소 천연덕스럽게 농담이나 따먹고 살지만, 다들 자신만큼이나 가슴 한구석에 분노를 담고 살았던 모양이었다.

하긴.

일방적인 찍어누름에 정신을 차릴 수 없을 정도로 사정없이 당했으니.

그나마 겨우 조직이 살아남을 수 있었던 건, 부랴부랴 선대 오야붕이 자신의 목을 내어준 후, 스미요시카이 산하로 들어갔기 때문이었다.

"하아—."

타다시는 한숨을 푹 내쉬며 천장을 올려다보았다.

"오야붕."

그가 부른 오야붕은 박현이 아니었다.

죽은 선대 카이쵸였다.

"약속은 못 지킬 것 같습니다."

그렇게 자그만 목소리로 중얼거린 타다시는 박현을 쳐다보았다.

"드리지요."

"무엇을?"

"제 목숨을."

그 말에 박현의 입가에 만족스러운 미소가 지어졌다.

"대신."

하지만 타다시가 원한 건 그게 다가 아니었다.

"빚을 갚아도 제가 갚습니다."

"……?"

"길만 터주십시오."

"길을 터 달라."

박현은 피식 웃음을 삼켰다.

고베 야마구치구미의 부두목 카즈나리의 목을 베는 일은 쉽다.

지금 당장이라도 산보를 나가듯 나가 죽일 수 있었다.

하지만 길을 트는 건 다르다.

조직 대 조직으로 우직하게 밀고 들어가 그의 목줄을 틀 어쥐어야 하는 일이다.

"약조만 해주신다면 지금부터 제 목을 내어드리겠습니다."

타다시.

그 말에 박현의 입에 빙그레 미소가 지어졌다.

그는 알까?

원래 박현이 하고자 한 일이 카즈나리와 그의 조직인 카 즈나리 일가(一家)를 무너트려 고베 야마구치구미를 흔드는 것임을.

"좋아. 길을 터주지."

박현이 고개를 끄덕였다.

그러자 타다시가 그의 앞으로 성큼성큼 걸어가 시신이 담긴 포대를 번쩍 들었다.

"다녀오겠습니다."

"……?"

"코도카이."

그 행동에 박현의 눈매가 가늘어졌다.

"어디로 간다고?"

"그 전에, 오야붕이 길을 틀 수 있는지 보고 싶습니다."

실력을 먼저 보겠다는 뜻.

"제 한 목숨만이 아닙니다."

"그래서 홀로 가겠다? 괜찮겠나?"

"오랜만에 들개로서 (또는) 가 되어 짖어보죠."

"푸하하하하하!"

이내 박현은 대소를 터트렸다.

*　　*　　*

도쿄 도심지, 평범한 어느 5층 건물.

그 건물 앞 도로에 검은 승용차가 섰고, 박현과 타다시가 차에서 내렸다.

"여기 3층입니다."

타다시의 말에 박현은 3층을 올려다보았다.

"의외로 소박하군."

"생각보다 소박하지는 않습니다. 한 층을 통으로 쓰거든요."

박현은 잠시 3층을 물끄러미 보다 차 뒤로 돌아가 트렁크를 열었다. 그리고는 시신이 담긴 포대 자루를 꺼내 어깨에 걸쳤다.

"제가 메겠습니다."

"아냐, 됐어."

박현은 포대를 넘겨받으려는 타다시를 뿌리친 후 그를 쳐다봤다.

"오늘 피 좀 볼 거야. 긴장해."

박현은 타다시의 어깨를 툭 치며 걸음을 내디뎠다.

둘은 오래된 건물처럼 낡은 엘리베이터를 타고 3층으로 올라갔다.

팅—

탁한 벨 소리와 함께 녹슨 철문이 열리자 가장 먼저 그들을 반긴 이들은 야쿠자들이었다.

칙칙한 회색 벽 아래 세 명의 야쿠자 조직원이 철제 의자
와 소파에 나눠 앉아 있었다.

"못 보던 놈들인데."

"누구냐?"

둘이 야쿠자 특유의 표정을 지으며 목소리를 내리깔았
다.

"야쿠자다."

편안한 자세로 앉아있던 이가 박현과 타다시의 가슴에
달린 배지를 보며 자리에서 일어났다.

"어디서 오셨……."

소파에 앉아있던 이가 자리에서 일어나 엘리베이터에서
나오는 박현의 배지를 보며 묻다 얼굴을 굳혔다.

"이 새끼들 봐라."

배지에서 랑(浪) 자를 확인한 야쿠자는 어이없다는 듯 실
웃음을 머금으며 얼굴을 일그러트렸다.

"형님, 누군데 그럽니까?"

"나미카와카이(波川會)."

"……어디요?"

물었던 조직원이 자신의 귀를 의심하며 다시 물었다. 하
지만 답을 듣고자 다시 물은 건 아니었다.

"요 새끼들. 허허."

박현 앞에 서 있던 조직원은 헛웃음을 잠시 삼키는가 싶
더니 이내 얼굴을 일그러트리며 머리를 들이밀었다.

"죽고 싶어서 왔냐? 앙?"

툭!

박현은 어깨에 메고 있던 포대를 옆으로 던졌다.

"이거 참."

박현은 손가락으로 뺨을 슬쩍 긁었다.

"이 새끼가 뭐라고 하는 거야? 앙? 배에 칼이라도 쑤셔
줘?"

난감해하는 박현의 눈매가 서서히 가늘어졌다.

가늘어진 눈매 사이로 숨겨진 눈동자는 어느새 싸늘하게
식어 있었다.

"이 새끼야. 감히 코도카이(弘道會)를 협박……."

그 순간 박현의 수도가 조직원의 목을 쳤다.

아니 베었다.

서걱!

조직원의 머리가 바닥으로 툭 떨어졌다.

그와 동시에 박현은 잘린 목에서 피가 튀기 전에 조직원
의 몸을 앞으로 밀었다.

목이 잘린 조직원의 몸이 소파로 털썩 허물어지는 동시
에 피가 사방으로 튀었다.

"시, 신조!"

피를 뒤집어쓴 조직원 하나가 그의 이름을 불렀다.

"이 새끼가!"

다른 조직원은 품에서 칼을 뽑아들더니 곧장 박현의 배를 찔러왔다.

턱!

하지만 박현은 손쉽게 그의 손목을 잡아 칼을 막았다.

"흠."

박현은 자신의 손을 벗어나기 위해 용을 쓰는 조직원을 보며 고개를 갸웃거렸다.

'일반인.'

우직!

박현이 손아귀에 힘을 주자 조작원의 손목뼈가 아작 났다.

"으악!"

박현은 비명을 지르는 조직원의 손을 반대로 꺾어 칼을 그의 목에 밀어 넣었다.

"끄륵—."

박현은 허물어지는 조작원을 바닥으로 툭 던지며 하나 남은 조직원을 쳐다보았다.

"고노야로!"

스윽—

그 조직원도 뒤춤에서 사시미 칼을 꺼냈다.

"어째 이놈들은 욕이 이리 단순하냐. 그나저나 고노야로
가 욕이기는 한가?"

박현의 물음에 타다시는 어색한 웃음을 지었다.

팍!

잠시 박현이 눈을 돌린 사이, 조직원은 순간 거리를 좁히
며 배로 칼을 찔러왔다.

'……!'

비록 그에게서 시선을 뗐을지언정 기감마저 뗀 건 아니
었다.

그렇기에 그의 움직임이 직감적으로 그려졌다.

쑤아아악!

박현은 자신의 배로 찔러오는 칼을 손으로 움켜잡았다.

카가가각!

쇠와 쇠가 부딪히는 소리가 박현의 손 안에서 만들어졌
다.

"크흡!"

칼을 비트는 조직원의 눈에서 희미하지만 푸른 귀광이
피어났다.

그 귀광에 박현의 입가에 미소가 그려졌다.

드디어 이면의 힘을 쓰는 야쿠자를 만나게 된 것이었다.

그그극— 그극!

인간을 벗어난 힘과 힘에 칼날이 엿가락처럼 휘어졌다.

후욱!

그때 조직원이 고개를 뒤로 젖히더니 박현의 안면으로 박치기를 해왔다.

턱!

박현은 손을 뻗어 그의 이마를 막았다.

박치기에서도 미약하지만 이면의 힘이 느껴졌다.

하지만 그게 다였다.

힘의 뿌리가 가벼웠다.

박현의 눈이 조직원의 하체로 향했다.

툭— 콰당!

박현이 발을 들어 그의 정강이를 툭 치자, 조직원은 힘없이 바닥으로 나뒹굴었다.

역시나.

이면의 힘은 오로지 상반신, 즉 팔과 목에만 집중되어 있었다.

보나 마나 이면의 힘을 받는 문신은 상반신 가슴과 팔에만 있을 터.

퍼석!

박현은 발을 들어 그의 머리를 부쉈다.

머리가 부서지자 조직원은 감전이라도 된 듯 몸을 부르르 떨다 바닥으로 축 늘어졌다.

"밖이 왜 이렇게 시끄럽나!"

그때 문이 벌컥 열리며 한 사내가 밖으로 나왔다.

껄렁껄렁하게 밖으로 나온 야쿠자는 소리를 버럭 지르다가 피가 흥건한 광경을 보자 순간 주춤하는 표정이었다.

"여어."

박현은 발에 묻은 피를 털어내며 그를 불렀다.

"카이쵸 안에 있나?"

박현이 친근한 목소리로 물었다.

"……?"

순간 머릿속이 정리가 되지 않는 듯 야쿠자는 잠시 멍한 표정을 지었다.

"사이조 카이쵸 없어?"

박현이 팽개친 포대를 다시 어깨에 걸치며 물었다.

"누, 누구?"

적인 거 같은데, 너무나도 친근한 목소리에 갈피를 못 잡은 듯 그는 떠듬떠듬 물었다.

"본인?"

박현이 다가가자 고개를 끄덕였다.

"나미카와카이의 카이쵸."

"……!"

박현이 씨익 웃음을 드러내며 자신을 밝히자 그의 눈이 부릅떠졌다.

동시에 멍하던 머릿속이 깨끗하게 바뀌었다.

"이, 이 새끼!"

하지만 그의 윽박지름은 길게 이어지지 못했다.

펑!

박현은 앞으로 크게 발을 내디디며 그의 가슴을 밀듯 사무실 안으로 차버렸다.

우당탕탕탕.

"뭐, 뭐야!"

"어떤 새끼가!"

사무실 안에서 시끌벅적한 소리가 흘러나왔다.

박현은 활짝 열린 사무실 문틀에 팔을 기대며 안을 쳐다보았다.

"사이조 카이쵸 있나?"

"이런 개새끼가!"

박현의 발길질에 뒤로 날아가 탁자와 엉켜 바닥에 쓰러졌던 이가 자리에서 벌떡 일어났다.

그러더니 벽에 걸린 일본도를 뽑았다.

여차하면 달려들려는 그때였다.

"왜 이렇게 시끄럽냐!"

사무실 구석, 문이 열리며 환갑에 가까운 중년인 둘이 나왔다.

"사이조 카이쵸?"

박현이 그중 한 중년인을 바라보며 물었다.

"보아하니 동종 업계 인물인 거 같은데, 누구지?"

사이조는 박현을 바라보며 고개를 갸웃거렸다.

박현은 어깨에 메고 있던 포대자루를 그에게로 집어던졌다.

털썩—

사이조는 자신 앞에 떨어진 포대자루를 보며 미간을 찌푸렸다.

왜냐하면 안의 내용물을 볼 것도 없이 포대자루 밖으로 팔이 삐죽 튀어나왔기 때문이었다.

"보내준 선물이 부담스러워서 말이야."

사이조가 수하들을 향해 눈살을 찌푸리자, 두 조직원이 허겁지겁 달려와 포대자루를 옆으로 치웠다.

"나미카와카이의 새 카이쵸인가?"

"맞아."

박현은 사이조를 바라보며 씨익 웃음을 지어 보였다.

＊　　＊　　＊

"선물이 이렇게 돌아올 줄 몰랐군."

사이조는 구석에 처박힌 조직원 시체를 흘깃 쳐다보며 입을 열었다.

"나름 좋은 선물이라고 생각했는데 말이야."

사이조는 탐탁지 않은 눈빛으로 박현을 지그시 쳐다보았다.

"줄 때 받았으면 좋았을 것을. 쯧쯧."

사이조는 혀를 차며 말을 이었다.

"뭣도 모르는 애송이가 너무 날뛰는군."

그 말에 박현은 보란 듯이 피식 조소를 드러냈다.

"건방진 놈."

사이조는 눈매를 매섭게 만들며 말을 이었다.

"파문장이 아직 도착하지 않은 건가?"

"파문장?"

박현이 반문하자 사이조는 눈매를 둥글게 말았다.

"아직 소식이 전해지지 않은 모양이로군."

사이조는 안타깝다는 듯 혀도 찼다.

말이야 걱정이 담겨 있었지만, 억양과 표정으로 보아 다분히 놀림이었다.

"훗."

그 말에 박현은 피식 웃음을 터트렸다.

"남의 파문장이 왜 그리 궁금하실까?"

사이조의 눈매가 슬쩍 굳어졌다.

"……."

사이조는 굳이 입 밖으로 말을 꺼내지는 않았지만, 이미 눈으로 파문장을 받았는가, 라 묻고 있었다.

"그게 그리 궁금한가?"

박현이 빙그레 웃으며 다시 물었다.

그 물음은 곧 대답이기도 했다.

"이 새끼."

사이조는 반대로 자신이 놀림을 당하자 얼굴이 벌겋게 달아오르며 눈썹이 역팔자로 바싹 치켜세워졌다.

"뭣들 하는 거야?"

뒤에서 잠잠히 듣고 있던 부회장 이시다 쇼로쿠가 수하들을 향해 소리쳤다.

그 말에 야쿠자들이 부산하게 움직이려 할 때였다.

"그만."

사이조가 그들을 진정시켰다.

"세상모르는 애송이도 아닐 터인데 겁이 없어도 너무 없군."

사이조의 시선이 박현의 뒤에 서 있는 타다시를 향했다.

"혹시 들개들 때문인가?"

"여어—, 부회장."

사이조의 물음에 박현은 고개를 돌려 타다시를 쳐다보았다.

"아직 이름값이 쟁쟁하군그래."

칭찬 아닌 칭찬에 타다시는 어색한 웃음을 띠었다.

"그래서 선전포고를 하러 온 건가?"

사이조의 말에 박현은 다시 그를 쳐다보았다.

"아니."

박현은 말을 툭 던지듯 대답했다.

"아니?"

사이조의 얼굴이 일그러지는 것과 달리 박현의 입가에 지어진 미소는 더욱 진해졌다.

"네가 어떻게 생각하든, 이미 전쟁은 시작되었다."

사이조는 최대한 인내심을 발휘했다.

"맞아."

"마, 맞아?"

박현이 반말로 성의 없이 말을 툭툭 내뱉자 사이조의 얼굴은 더 이상 일그러질 데가 안 보일 정도로 험악하게 바뀌었다.

"이 새끼가, 지금 바로 죽여줄까? 앙?"

결국 사이조는 참지 못하고 소리를 버럭 질렀다.

"아니."

"이런 개새끼가!"

성의 없는 목소리에 사이조는 몸까지 부르르 떨었다.

"이 새끼가!"

"배때기에 칼빵 한번 놔 줘?"

"대가리에 총알 박히고 싶냐?"

그 모습에 조직원들이 저마다 험상궂은 목소리를 냈다.

"사이조."

"뭐? 사이조?"

누군가가 소리를 질렀지만 박현은 그 말을 귓등으로 흘리며 느긋하게 입을 열었다.

"본인은 선전포고를 하러 온 것도 아니고."

"……?"

"그렇다고 죽으러 온 것도 아니야."

박현의 목소리는 느긋했다.

하지만 뒤에 들려온 말은 절대 부드럽지 않았다.

"그냥 오늘 그대를 죽이러 왔어."

"뭐?"

"이 개새끼가!"

"죽여!"

박현의 말이 떨어지기가 무섭게 사무실 안에는 고성과 함께 짙은 살기가 휘몰아쳤다.

그 시작은 한 발의 총성이었다.

간부로 보이는 이가 탁자 아래서 권총을 꺼내더니 다짜고짜 박현을 향해 발포한 것이었다.

탕!

총성과 함께 박현의 머리가 흔들렸다.

하지만 절대로 보이지 않아야 할 장면 또한 만들어졌다.

그건 바로 피가 튀어야 할 이마에서 불꽃이 튄 것이었다.

퍽!

그리고 불꽃을 만들어낸 총알은 천장에 자그만 구멍을 만들어냈다.

"야이, 이 새끼들."

박현은 총을 쏜 간부를 쳐다보며 히죽 웃음을 지었다.

"재밌네."

박현은 우드득 목을 꺾으며 권총을 들고 있는 간부를 지그시 쳐다보았다.

"이, 이익!"

그는 어금니를 꽉 깨물며 박현을 향해 권총을 두 발 더 쏘았다.

퍽— 퍽—

박현의 가슴과 어깨 부근 옷이 푹푹 찢어졌다.

하지만 야쿠자가 기대했던 피는 보이지 않았다.

"크르르르."

그 순간 박현의 입에서 짐승의 울음이 흘러나왔다.

야쿠자 간부는 박현의 황금빛 눈동자를 보자 저도 모르게 흠칫 몸을 떨었다.

"크하아앙!"

박현이 울음을 터트리자, 한순간 사무실을 가득 채운 살기가 흐트러졌다.

팟!

울음 한 번으로 사무실을 뒤흔든 박현은 축지를 밟아 권총을 들고 있던 간부 앞으로 성큼 다가갔다.

그리고는 그의 얼굴을 손으로 움켜잡았다.

우악스럽게 얼굴이 잡힌 간부는 박현의 손을 벗어나기 위해 몇 번 몸부림쳤지만, 오히려 얼굴이 으스러지는 고통에 이를 악물었다.

"끄으!"

탕 탕 탕—

간부는 신음을 꽉 닫힌 이빨 사이로 흘리며 박현의 배를 향해 권총을 두세 발 더 쏘았다.

박현이 입고 있던 양복 상의에 구멍이 숭숭 뚫리며 실밥이 밖으로 튀었다.

"크르르르르!"

박현의 울음은 더욱 짙고 낮게 깔렸다.

"끕!"

동시에 총을 쏜 간부의 눈이 부릅떠졌다.

고통을 이겨내지 못한 탓이었다.

그도 그럴 것이 박현의 손톱이 길게 자라나며, 흡사 단검으로 그의 얼굴을 찌르듯 그의 얼굴로 파고들기 시작했기 때문이었다.

"고노야로!"

그때 또 다른 간부로 보이는 자가 날이 시퍼런 일본도를 휘둘렀다.

카가가각!

일본도가 박현의 등을 베려는 순간, 묵빛 털이 자라나며 칼날과 부딪혀갔다.

동시에 그의 몸이 훌쩍 커졌다.

"크르르르!"

그리고 다시 들려온 낯선 짐승의 울음

검은 털, 그리고 잿빛 무늬.

"토, 토라[虎, 호랑이]."

박현이 고개를 돌려 자신의 등을 베려 한 이를 쳐다보았다.

황금빛 안광을 뿌리는 두 눈동자 위로, 선명한 왕(王) 무늬를 보자 간부는 저도 모르게 마른침을 꿀떡 삼키며 두어 걸음 뒷걸음을 치고 말았다.

퍼석!

박현은 일본도를 든 또 다른 간부를 지그시 바라보며, 손에 쥔 야쿠자 간부의 머리를 으깨버렸다.

"하, 하앗!"

기세에 눌린 간부는 박현을 향해 어설프게 검을 휘둘렀다.

그나마 간부라고 검에 희미한 검기가 맺혀 있기는 했지만, 박현을 위협할 정도는 아니었다.

박현은 가볍게 몸을 뒤로 젖혀 일본도를 피한 후.

후아아악!

발톱을 바싹 세워 그의 몸을 단숨에 베어버렸다.

"큽!"

눈을 부릅뜬 야쿠자 간부의 몸에 사선으로 네 줄기의 붉은 선이 피어났다.

후드드득!

그의 몸에 난 혈선을 따라 그의 몸이 마치 도미노처럼 허물어졌다.

"크르르."

박현은 고개를 돌려 사이조를 바라보고는 낮게 울음을 내뱉으며 웃음을 지었다.

그 웃음으로 인해 길고 뾰족한 이빨이 드러났다.

"어, 어찌……. 호, 호랑이가."

사이조도 적잖게 충격을 받은 듯 더듬거리며 말을 내뱉었다.

과거 일본인들에게 있어 호랑이는 실존하는 상상 속 동물이었으며, 그렇기에 미지의 두려움을 주었던 존재였다.

물론 현재에 와서는 호랑이에 대한 막연한 두려움이 없어졌지만.

이면에서는 달랐다.

호족 자체가 동아시아에서 한국을 제외하고는 흔한 일족이 아니었다.

그렇기에 이면에서는 호랑이, 그러니까 호족에 대한 막연한 두려움이 남아 있었다.

거기에 검은 빛깔의 호랑이.

전설 속에서나 있을 법한 흑호가 모습을 드러내자, 사이조의 마음이 급격히 흔들려 버린 것이었다.

그리고 그건 비단 사이조와 코도카이 조직원뿐만이 아니었다.

"……!"

타다시 역시 박현의 진신을 보자 눈동자가 요동칠 정도로 마음이 흔들리고 말았다.

『타다시.』

"하, 하이!"

박현이 부르자 타다시는 화들짝 정신을 차리며 대답했다.

『턱 빠지겠어.』

농 아닌 농을 툭 던진 박현은 다시 고개를 돌려 사이조를 쳐다보았다.

"후우―."

타다시만큼이나 놀랐던 사이조가 크게 숨을 내쉬며 손을 옆으로 가져갔다.

"검 가져와."

고베 야마구치구미의 총사제나, 그 자리를 만들어준 코도카이의 카이초는 그저 놀음판에서 딴 직책이 아니었다.

반백년이나 아귀다툼에서 살아남은 노장이었다.

그 명에 쇼로쿠 부회장이 얼른 일본도를 가져오자, 사이
조는 양복 상의를 벗고, 셔츠 소매를 걷었다.

드러난 팔뚝은 나이답지 않게 근육으로 꽉 차 있었다.

사이조는 박현을 지그시 노려보며 일본도 손잡이를 움켜
잡았다.

스르릉—

겉모습은 오래되어 보였지만 칼날만큼은 아주 잘 관리가
된 듯 햇살마저 베어버릴 정도로 잘 벼려져 있었다.

"조센진인가?"

사이조의 눈빛이 더할 나위 없이 험악하게 바뀌었다.

『그게 궁금한가?』

"더러운 조센진 주제에 신성한 이 땅을 감히 더럽히다
니!"

후우우웅!

사이조의 몸에서 거센 기운이 터질 듯 흘러나왔다.

동시에 검도 그 기운에 응답하듯 울었다.

"죽어라, 조센징!"

사이조는 발을 크게 구르며 박현을 향해 달려들었다.

"크하아아아앙!"

박현은 그런 그를 향해 털을 곤두세우며 신력을 담아 울
음을 터트렸다.

"큽!"

그 울음이 사이조의 귀를 타고 머릿속으로 파고들어 머리를 흔들었다.

그로 인해 몸이 굳어 주춤하는 사이.

후아악— 퍽!

박현의 커다란 손이 뺨을 때리듯 사이조의 얼굴을 후려갈겼다.

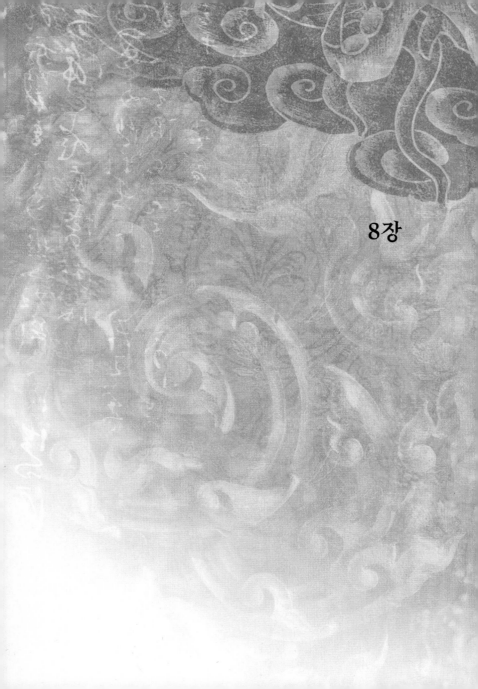

8장

"크하아아아앙!"

흑호의 울음을 정면으로 받은 사이조는 얼음장 같은 바다에 잠긴 것처럼 순간 몸이 굳어버렸다.

1초 남짓한 시각.

짧다 여긴다면 매우 짧은 시간이었지만, 목숨이 오가는 전장에서는 매우 긴 시간임을 부정할 수 없는, 그러한 시간이었다.

팟!

박현은 축지로 공간을 접어 사이조 앞에 섰다.

그 사이 겨우 경직된 몸을 푼 사이조였지만, 발톱을 바싹 세워 풀스윙을 날리듯 날아오는 박현의 손을 막기에는 이미 늦은 후였다.

쾅!

엄청난 파음과 함께 사이조는 얼굴에서 피가 튀며 그의 몸은 벽으로 날아가 애꿎은 도자기를 깨트리며 바닥으로 떨어져 내렸다.

"이 새끼가!"

사이조의 곁을 지키고 있던 부회장 쇼로쿠가 박치기를 하듯 박현의 복부로 파고들었다.

"흐앗!"

파바바방—

쇼로쿠는 스모의 기술인 츠키다시[つきだし, 밀쳐내기]를 펼쳐, 손바닥으로 박현의 목과 턱을 수차례 쳐냈다.

묵직한 타격을 손으로 느낀 쇼로쿠는 한 치의 망설임도 없이 박현의 품으로 파고들더니 그의 옆구리 털을 한 움큼 움켜잡았다.

"흐앗!"

아비세타오시[あびせたおし, 덮쳐 쓰러뜨리기] 기술로 박현의 몸을 흔들려 했다.

"……!"

기세 좋게 박현에게 달려든 그의 눈이 파르르 떨렸다.

왜냐하면 박현의 몸은 땅속 깊숙이 박힌 거대한 태산처럼 조금의 흔들림도 없었기 때문이었다.

"크르르!"

박현은 자신의 허리에서 용을 쓰는 쇼로쿠를 내려다보며 양손을 깍지를 껴 머리 위로 들어올렸다.

쾅—

박현은 깍지 낀 양손은 마치 해머처럼 뚝 떨어져 쇼로쿠의 허리를 내려찍었다.

콰직!

뼈가 으스러지는 소리와 함께.

"크악!"

쇼로쿠는 비명을 내지르며 바닥으로 풀썩 쓰러졌다.

"끄으으!"

허리의 고통이 심각했던지, 쇼로쿠는 손으로 허리를 부여잡으며 바닥을 기었다.

박현은 발을 들어 쇼로쿠의 머리를 그대로 밟아 부숴버렸다.

지직— 지직—

박현은 으깨진 머리를 발로 비비며 고개를 돌려 사이조를 쳐다보았다.

얼굴 반이 날아간 것처럼 보일 정도로 사이조의 얼굴은

반이 피범벅이었다.

"빌어먹을 조센징 같으니라고."

그 또한 적잖은 고통이 느껴진 듯, 상처 입은 얼굴이 꿈틀꿈틀거렸다.

박현은 그런 그를 향해 히죽 이빨을 드러냈다.

"죽엇!"

쾅!

그 모습에 발끈한 사이조는 크게 발을 구르며 박현에게로 다가가 일본도를 수평으로 베어갔다.

하늘이 두 쪽이 나도 피할 수 없을 정도로 공격은 완벽했다.

완벽하게 공간을 잡은 사이조는 박현의 허리에 깊은 검상을 남기리라 예상했다.

쑤아아악!

일본도의 칼날이 박현의 허리를 베려는 그 순간, 그의 손이 일본도를 잡아갔다.

'멍청한 놈!'

사이조는 비릿한 웃음을 삼키며 벼락같이 일본도에 검기를 세웠다.

파지지직!

그런데 검기가 박현이 경험했던 것과는 조금 달랐다.

마치 검에 번개를 두른 것처럼 불꽃이 거칠게 튀었다.

뭐라고 해야 할까.

검계 검사들의 검기는 잘 벼려진 칼날 같다면, 사이조가 내뿜는 검기는 톱처럼 느껴졌다.

사이조는 박현이 자신의 칼날을 움켜잡자 단숨에 힘을 끌어올려 검을 비틀었다.

피부가 찢어지고, 뼈마디가 으스러지리라.

헌데.

카가가각!

마치 쇠판을 긁은 듯 소리와 함께 거친 느낌이 느껴졌다.

그 기이함에 사이조는 위험 부담을 각오하며 재빨리 검날로 시선을 내렸다.

"……!"

검을 물고 있는 건 흑호의 손이 아니었다.

아니 흑호의 손이 자신의 검날을 움켜잡고 있었다. 그러나 칼날과 박현의 손아귀 사이에 검은 무언가가 마치 악어 이빨처럼 칼날을 단단히 물고 있었다.

파자작!

꽉 다물린 조개껍데기와 검날 사이로 검기가 만들어낸 불꽃이 튀었다.

"히잇!"

사이조는 칼날을 뽑기 위해 힘을 줘 검을 당겼지만, 요지
부동이었다.

『사이조.』

파창!

박현은 그를 부르며 손목을 틀어 검날을 반으로 토막 냈
다.

"히익!"

사이조는 일본도가 반으로 부러지자 재빨리 뒤로 물러나
려 했지만 박현의 움직임이 더 빨랐다.

박현은 커다란 손으로 그의 목을 움켜잡았다.

"흡!"

사이조는 목이 졸린 와중에도 반으로 부러진 일본도를
역수로 잡아 박현의 어깨를 찔러 갔다.

캉!

하지만 반 토막 난 일본도가 박현의 어깨를 찌르기 직전,
검은 조개껍데기가 꽃처럼 피어나 그를 보호했다.

『본인이 좀 더 그대와 놀아주고 싶다만.』

"……."

『그만 죽자!』

"치, 칙……."

퍽!

박현은 반으로 부러트린 검날을 사이조의 머리에 내리꽂
았다.

"꺼, 꺼어—."

사이조는 박현을 향해 손을 뻗은 채 흐느적거리며 뒤로
넘어갔다.

"카, 카이쵸!"

누군가의 일갈이 터져 나왔다.

"개새끼, 죽엇!"

간부로 보이는 이가 바닥에 나뒹구는 소도(小刀)를 들고
박현의 품으로 파고들었다.

파지지직!

그런 그의 검에서도, 검을 잡고 있는 팔에서도 푸르스름
한 기운이 파지직 뿜어져 나왔다.

쑤아아악!

그의 검이 박현의 복부를 찌르는 순간, 박현의 신형은 신
기루처럼 그 자리에서 사라졌다.

축지로 그의 옆으로 이동한 박현은 부릅뜬 눈으로 자신
을 돌아보는 그를 향해 히죽 웃음을 지어 보였다.

"……!"

그리고 그의 이마에 피 묻은 검날을 찍어버렸다.

"꺼어—."

그의 몸이 바닥으로 허물어지는 것을 짧게 본 후 박현은 고개를 돌렸다.

『뭐해? 안 오고?』

박현이 느긋한 목소리로 말했다.

하지만 목소리와 달리 박현의 얼굴은, 아니 흑호의 얼굴은 먹잇감을 바라보는 포식자의 섬뜩함을 가득 담고 있었다.

"흐흑!"

"니, 니게로[도, 도망쳐]!"

열 명 남짓한 야쿠자들은 누가 먼저라고 할 것도 없이 좁은 문으로 도망치기 시작했다.

쿵!

박현은 그들을 보며 발을 가볍게 굴렀다.

묵직한 소리와 함께 기의 파동이 만들어낸 결계가 빠르게 방 안을 덮어갔다.

쿵!

"우왁!"

활짝 열린 문으로 뛰어나가던 야쿠자는 무형의 막에 가로막혀 뒤로 튕겨져 나왔고, 그로 인해 뒤를 따르던 야쿠자와 뒤엉키며 바닥을 나뒹굴었다.

쿵!

가장 뒤늦게 달려나가던 야쿠자는 동료들을 밟으며 문을 나가려 했지만, 그 역시 결계에 가로막혀 사무실 안으로 튕겼다.

『아! 본인이 이 이야기를 안 했군.』

박현은 엉거주춤 일어나는 야쿠자들을 바라보며 히죽 웃음을 지었다.

『오늘 아무도 살아서 못 나가.』

그 웃음에는 살기가 짙게 물들어 있었다.

말로는 새 카이쵸인 박현이 어찌하나 지켜본다고 했지만, 어찌 그를 홀로 적진에 내버려 둘 수 있겠는가.

타다시는 적잖게 긴장을 하며 여차하면 이면의 힘, 신력[神力, 신키리]를 깨우기 위해 문신의 힘을 깨웠다.

그때였다.

"크하아아앙!"

박현이 인간의 소리가 아닌 짐승의 울음을 터트리자, 문신의 힘이 흔들릴 정도로 내부가 충격으로 흔들렸다.

그 충격에 타다시의 무릎이 살짝 꺾일 정도였다.

하지만 놀람은 그것이 끝이 아니었다.

그가, 그가!

거대한 검은 호랑이로 변한 것이었다.

어릴 적 할아버지에게서 들었던 전설.

호적의 전설, 백호.

물론 눈앞 박현은 할아버지를 통해 들었던 전설 속의 백호는 아니었다.

할아버지가 말하던 백호는 정의롭다.

한민족의 정기를 드높이는……, 어쩌고저쩌고.

어릴 적은 몰라도 지금은 딱히 백호를 동경하지 않았다.

핍박받던 어린 시절, 그는 정의를 버렸기 때문이었다.

그리고 이름도 버렸다.

이강식이라는 할아버지가 지어준 이름을.

왜냐고?

살기 위해서.

빌어먹을 세상에서 살기 위해서.

그래서 그는 악마가 되고자 했다.

아니 악마를 동경했다.

그런데 지금 눈앞에서 적을 무자비하게 살육하는 흑호는.

흑호는.

그가 상상하던 악마였다.

가슴이 시릴 정도로 심장을 뛰게 만드는, 그 악마였다.

"끄아악!"

"사, 사람 살……, 으악!"

서걱— 푸학!

"아, 아쿠마[悪魔, 악마]."

퍼석!

박현의 발톱에 머리가 부서지며 피가 벽으로 뿌려졌다.

사무실 안은 붉은 페인트를 뿌려놓은 듯 온통 붉었다.

"크르르르."

붉은 피구덩이 중앙에 박현이 서서 낮은 울음을 토해냈다.

『타다시.』

"예, 오야붕!"

그리고 그의 부름에 타다시가 화들짝 대답했다.

『이만하면 본인이 마음에 드나?』

"하, 하이!"

『그럼 그대의 목숨을 가져도 되겠지?』

"하잇!"

타다시는 허리를 직각으로 숙이며 대답했다.

『본인만 따라와. 그대의 울분을 모두 풀어주지.』

"하, 한이라 하시면."

『이강식.』

"……!"

타다시의 눈이 부릅떠졌다.

『그대의 진짜 이름.』

박현은 씨익 웃었고, 그의 시선에 타다시의 얼굴은 굳어졌다.

『일단 전화부터 넣어.』

"전화라시면."

『클럽 난향. 우리가 먹어야지.』

"예, 오야붕."

『설마 클럽 난향만 먹으려는 건 아니겠지?』

"코도카이(弘道會) 나와바리는 모조리 집어삼키겠습니다."

복잡하던 타다시의 표정이 순식간에 사라졌고, 그의 눈은 이글이글 불타오르고 있었다.

＊　　＊　　＊

자그만 사장실.

"할 말 있으면 해."

타다시가 머뭇머뭇하자 보다 못한 박현이 먼저 입을 열었다.

"언제부터 아셨습니까?"

"뭘?"

"제 이름 말입니다."

"처음부터."

"혹시…… 동생들에 대해서도."

"다들 재일이라는 거?"

박현의 말에 타다시는 옅은 한숨을 내쉬었다.

"타다시."

"예, 오야붕."

"내 진명은 박현이야."

"……!"

타다시가 고개를 번쩍 들어 박현을 쳐다보았다.

"본인은 그대들처럼 재일은 아니야. 순수하게 한국에서 태어나 한국에서 자라났지."

"하지만 일본어가……."

타다시의 말에 박현이 왼손을 흔들었다.

검지에 반지 하나가 반짝거렸다.

"아—."

타다시는 그 반지의 의미를 알고 있었다.

"그리고 내 비밀 하나 말해줄까?"

"예? 예."

"본인은 일본의 태양을 죽이러 왔어."

"태, 태양이라 하시면……."

"왜 있잖아. 두 개의 태양."

"……?"

"뇌신, 그리고 풍신."

박현이 씨익 웃자.

"헙!"

타다시의 눈이 화등잔처럼 크게 떠졌다.

"일단 그 전에 카즈나리부터 잡아야겠지?"

"……!"

"그럼 카즈나리의 팔다리부터 잘라볼까?"

타다시의 눈동자는 언제 놀랐냐는 듯 시퍼런 살심을 머금었다.

*　　*　　*

온갖 화려한 네온사인이 반짝이는 긴자 거리.

10층 높이의 빌딩.

최상층 클럽 난향의 입구는 긴자 거리가 수수하게 보일 정도로 화려함을 극치를 달리고 있었다.

띵—

엘리베이터 문이 열리고, 몇 명의 사내들이 내렸다.

"난향에 오신 걸 환영합니다."

깔끔하게 입은 젊은 직원이 문을 활짝 열며 허리를 90도로 굽혀 인사했다.

"못 보던 놈이네."

오십 전후에 묵직한 기운을 가진 사내, 신와카이(親和會) 카이쵸 키라 히로후미가 잠시 걸음을 멈추고 직원을 훑었다.

"신입으로 들어온 모양이지요. 들어가시지요, 오야붕."

비슷한 연배의 부회장, 오노 다이스케의 말에 히로후미는 그에게서 시선을 떼고 직원이 활짝 연 문을 통해 클럽 안으로 들어갔다.

오야붕과 부회장이 먼저 안으로 들어가고, 그 뒤를 따르던 마흔 전후의 사내, 카이쵸 보좌 사쿠라이 타카히로가 지갑에서 만 엔을 꺼내 직원에게 건넸다.

"우리 애들 편히 쉴 수 있게 해."

"감사합니다!"

직원은 재빨리 돈을 주머니에 넣으며 허리를 깊게 숙였다.

"수고하고."

타카히로는 그런 직원의 어깨를 두들기며 앞서 들어간 이들을 따라 클럽 안으로 들어갔다.

타카히로가 안으로 들어가자 직원은 허리를 펴며, 그들과 함께 따라온 보디가드 겸 조직원인 야쿠자 넷을 쳐다보았다.

"이쪽으로 오시죠."

"새로 온 신입인가?"

그들 중 가장 윗사람인 간부가 물었다.

"예."

직원은 가볍게 고개를 끄덕였다.

"이쪽으로."

"안내 안 해줘도 괜찮다. 몇 번 방으로 가면 되냐?"

"3번 방으로 가시면 됩니다."

직원의 말에 간부가 미간을 슬쩍 찌푸렸다.

"1, 2번 방은?"

"그게……."

"그럼 4번 방은?"

"그 방도……."

직원이 어색한 웃음으로 대답을 회피했다.

"뭐 이 시간에 방들이 벌써 다 차."

간부는 슬쩍 클럽 안으로 시선을 옮겼지만, 이미 문이 닫힌 터라 안을 볼 수는 없었다.

"쯧. 할 수 없지. 대신."

"네, 네. 편히 쉴 수 있게 아무도 들이지 않겠습니다."

"수고해라."

간부는 익숙하게 조직원들을 데리고 쪽문을 통해 클럽 뒷방으로 향했다.

그들이 대기실로 사라지자, 조직원은 소매 안에 숨겨놓은 무전기를 입으로 가져갔다.

《칙―.》

무전기를 누르자 특유의 잡음이 들렸다.

"신와카이 카이쵸와 부회장, 그리고 카이쵸 보좌가 입장했습니다."

《보디가드들은?》

무전기 너머로 타다시의 목소리가 들려왔다.

"3번 방입니다."

《폐점 안내판 걸어.》

"예, 부회장."

무전을 마친 직원은 엘리베이터 앞에 'CLOSE'라 적힌 입간판을 세웠다.

"어서 오세요."

기모노를 입은 서른 중반쯤 되어 보이는 마담이 카이쵸 키라 히로후미를 향해 공손히 인사를 건넸다.

"마담도 오랜만이야."

"며칠 뜸하셨네요."

"구미(組)에 일이 좀 있어서."

히로후미는 마담의 엉덩이를 툭 치며 씨익 웃었다.

"아이, 참. 짓궂게."

마담은 그런 히로후미의 손등을 탁 치며 클럽 안으로 그들을 안내했다.

"복잡한 일이 있었나 봐요?"

"있었지."

"……?"

"시답잖은 놈들 와서 귀찮게 하지 않았었나?"

"아!"

마담이 입술을 살짝 벌리며 소리를 삼켰다.

"잘 해결된 건가요?"

마담이 불안한 눈빛을 살짝 내비쳤다.

"그걸 왜 나한테 물어보나."

"그래도……."

"잘 해결될 거야."

히로후미는 다시 마담의 엉덩이를 툭 치며 클럽 안으로 들어갔다.

"음?"

한참 북적해야 할 클럽 안이 썰렁하게 느낄 정도로 적막 감만 흐르고 있었다.

적막함을 달래주는 건 은은한 클래식 음악뿐이었다.

"오늘따라 손님이 없네요."

"오야붕께서 오늘 매상 좀 올려줘야겠습니다."

"그런가? 하하하하."

부회장 오노 다이스케의 넉살에 히로후미는 호탕한 웃음을 터트리며 평소 자주 앉은 테이블로 향했다.

"바로 세팅해서 올리겠습니다."

"천천히 해도 돼. 레이코는?"

"손님이 없어서 편히 쉬라고 했어요. 지배인이 언질을 넣었으니 금방 내려올 거예요."

마담은 눈웃음을 치며 다이스케와 보좌 사쿠라이 타카히로를 쳐다보았다.

"두 분은?"

"마담이 알아서……."

부회장의 말에 마담이 고개를 돌려 타카히로 보좌를 쳐다보자, 그는 그저 조용히 고개를 끄덕였다.

"잠시만 기다리세요."

마담은 눈웃음을 지으며 홀을 나갔다.

"하아—."

홀을 나오자마자 마담은 깊은숨을 내쉬었다.

고운 이마에 식은땀이 송글송글 맺혀 있었다.

"분위기는?"

그런 그녀를 맞이한 이는 간부 히데오였다.

"다행히 의심하는 눈치는 없었어요."

마담은 손등으로 이마에 난 땀을 훔치며 말했다.

"수고했어."

히데오가 고개를 끄덕였다.

"그만 퇴근해."

히데오의 말이 끝나기가 무섭게 마담은 종종걸음으로 클럽을 빠져나갔다.

쿵!

그녀가 나가자 히데오는 홀을 향해 비릿한 웃음을 지으며 두꺼운 나무로 된 문을 닫았다.

*   *   *

칙—

히로후미가 담배를 입에 물자, 타카히로는 재빨리 라이터를 꺼내 불을 붙였다.

"후우—."

히로후미는 편안하게 소파에 기대 천장을 향해 담배 연기를 내뿜었다.

"혹시 항쟁에 대해 소문이라도 난 건가?"

히로후미는 고개를 내려 썰렁한 홀을 쳐다보며 물었다.

"항쟁이라고 할 것도 없지 않습니까?"

"하긴."

"그나저나 아무리 손님이 우리밖에 없다고 해도, 이것들이."

시간이 제법 흘렀음에도 기본적인 세팅조차 내오지 않고 있자 다이스케가 표정이 굳어져 갔다.

"가져오겠지. 이왕 온 김에 사이조 오지키[オジキ, 아저씨][1]한테 전화나 한번 넣어봐. 어찌 되어 가는지."

"하이."

타카히로가 전화기를 꺼내 사이조에게 전화를 걸었다.

"신경 쓰이십니까?"

"신경은 무슨. 그냥 오랜만에 왔으니까 얼굴이나 한번 뵈려는 거지. 아! 부회장."

"예, 오야붕."

"생각난 김에 카즈나리 형제한테도 전화 넣어봐."

막 다이스케가 전화기를 꺼낼 때였다.

"왜, 전화를 안 받아?"

히로후미는 여전히 전화기를 들고 있는 타카히로를 쳐다보며 물었다.

그때 홀 너머서 은은한 벨소리가 들리더니 점점 다가왔다.

"아! 모시모시[여보세요]?"

상대방이 전화를 받은 듯 타카히로가 입을 열었다.

그리고 귀에 거슬리던 홀 너머에서 울리던 벨소리도 툭 끊어졌다.

♪~♩♪~♩♬~

카운터 뒤편에서 벨소리가 울리자 의자 몇 개를 붙여 누워 있던 박현이 조용히 눈을 떴다.

"오야붕."

타다시가 다가와 전화기를 내밀었다.

"타카히로입니다."

"누구?"

"신와카이의 카이쵸 보좌입니다."

타다시가 씨익 웃음을 지어 보였다.

"타다시."

"예."

"네가 받을래?"

"제가 말입니까?"

타다시의 입술이 씰룩거렸다.

"카즈나리의 사냥개가 되어 너희들을 물어뜯었던 놈들이잖아."

"사냥개 욕보이지 마십시오."

"쟤들은 사냥개고, 너희는 자유로운 들개가 아닌가? 혈통이 다르지."

"……?"

"주인이 던져주는 먹이만 먹는 사냥개랑 거친 들판에서 살아가는 들개랑 어디 비교하나? 안 그래?"

"크크크크."

타다시는 부서질 듯 전화기를 움켜쥐며 핏발이 선 눈으로 홀 쪽으로 시선을 옮겼다.

"타다시."

"하이."

"마음껏 날뛰어라. 울분이 풀릴 때까지."

타다시의 시선에 박현이 씨익 웃음을 지어 보였다.

"너희들 뒤에 본인이 있다."

"하이!"

타다시는 묵직하게 대답을 하며 전화기를 받았다.

*용어

1) 오지키[オジキ, 아저씨]: 오야붕의 형제는 백부, 혹은 숙부로 예우하며, 친근하게 아저씨[오지키]라 부른다.

9장

"저기, 형님."

조직원인 유우키가 간부 코우고를 불렀다.

"왜? 긴장되냐?"

코우고는 담배를 입에 물며 물었다.

"네."

그 말에 코우고는 눈을 동그랗게 뜨며 유우키를 쳐다보았다.

"이날을 얼마나 기다렸는데요."

기분 좋으며, 살기 넘치는 긴장감이리라.

코우고 역시 그러하기에 씨익 웃으며 담배에 불을 붙였다.

"오야붕에 대해 어찌 생각합니까?"

"오야붕?"

"예."

"오야붕은 왜?"

코우고의 말에 유우키는 어깨를 쓱 들어올렸다.

"솔직히 오야붕이 우리를 지켜주겠다는 걸 믿지는 못하겠지만."

"그래서?"

코우고는 그를 흘깃 쳐다보며 물었다.

"그래도 웃으며 죽을 수 있게 해주셔서 좋습니다."

"미친 새끼."

코우고는 피식 웃음을 삼켰다.

"미친 거야, 다 형님한테 배운 거죠."

"이거 왜 이래?"

"……?"

"뭘 나한테 배워?"

"아닙니까?"

"응, 아니야."

"예?"

"너는 나 만나기 전에도 미친놈이었어."

"그래서 형님과 형제의 잔을 나눈 모양입니다."

"새끼."

둘은 서로를 보며 씨익 웃었다.

"그래도 나는 조금은 기대한다."

"뭘 말입니까?"

"오야붕."

"……?"

"타다시 형님이 무작정 우리의 목숨을 내던질 분이 아니야. 오야붕의 뭔가를 보셨겠지."

"흠."

♪~♩♪~♩♫~

그때 벨소리가 울렸다.

"시간이 된 모양이다."

코우고는 바닥에 담배를 떨어뜨린 후 발로 비벼 껐다.

"모시모시."

코우고는 카운터를 나오며 전화를 받는 타다시와 눈빛을 주고받았다.

"결계 쳐라."

"예, 형님."

유우키는 박현이 넘겨준 부적을 꺼내며 굳게 닫힌 문으로 향했다.

코우고는 그 모습을 보며 무전기를 들었다.

"준비하자."

무전을 날린 후 코우고는 타다시를 뒤를 따라 홀로 향했다.

"모시모시. 쇼로쿠 부회장 되십니까?"

신와카이(親和會), 카이쵸 보좌 타카히로는 상대편이 전화를 받자 상대방을 확인했다.

《쇼로쿠 부회장을 찾는 겁니까?》

"신와카이의 보좌 타카히로라고 합니다."

《쇼로쿠 부회장은 지금 전화 받기가 곤란합니다만.》

뭔가 퉁명스러운 목소리에 타카히로는 눈살을 찌푸렸다.

"혹시 언제쯤 통화가 가능합니까?"

《글쎄요—.》

영 성의 없는 대답에 타카히로의 얼굴이 좀 더 일그러졌다.

"야!"

결국 타카히로는 참지 못하고 목소리를 긁었다.

"너 누구야?"

《누굴 거 같습니까?》

"이 개새끼가!"

타카히로는 화를 참지 못하고 자리에서 벌떡 일어났다가 '아차' 하는 표정을 지었다.

"무슨 일인데 그래?"

부회장 다이스케가 눈살을 찌푸리며 물었다.

"아닙니다."

타카히로는 허리를 숙인 후 홀 중앙으로 장소를 옮겼다.

"너 이 새끼, 누구야!"

목소리에 힘이 바싹 들어갔지만, 목소리 자체가 크지 않았다.

《누굴까나?》

"너 코도카이 간판 믿고 이러는 모양인데. 너 사람 잘못봤어."

"코도카이 간판? 그깟 코도카이가 뭐가 그리 대수라고."

"……!"

코도카이의 간판을 무시한다?

있을 수 없는 일이다.

"너! 너 누구야?"

"맞춰보라니까."

능글맞은 목소리에 타카히로는 눈살을 찌푸렸지만 이내 이상함을 느꼈다.

바로 수화기 너머 목소리가 서라운드처럼 겹쳐 들려왔기 때문이었다.

"……!"

이상함에 타카히로가 고개를 홱 돌렸다.

홀과 카운터 사이를 가르는 중문에 웬 사내가 전화기를 흔들며 서 있었다.

타카히로는 순간 자신의 전화기와 그가 들고 있는 전화기를 번갈아 쳐다보았다.

"너!"

"역시 나를 기억 못 하는군."

타카히로의 목소리에 타다시는 씨익 웃으며 몸을 세웠다.

"누구, ……!"

타다시가 좀 더 밝은 곳으로 나오자 그의 얼굴을 알아본 듯 타카히로의 얼굴이 딱딱하게 굳었다.

"타다시."

"크크크크. 나를 기억을 다 해주고. 황공하다 해야 하나?"

타다시의 입은 웃고 있었지만, 눈에서는 시퍼런 살기가 풀풀 날리고 있었다.

"이 새끼가, 죽을 놈을 살려놨더니 눈에 보이는 게 없는 모양이로구나."

타카히로는 그에게 두어 걸음 내디디며 히죽 하얀 이를 드러냈다.

"과연 죽을 놈은 누굴까? 나일까? 너일까?"

타다시도 그의 앞으로 걸어가 그에 못지않은 살심 어린 미소를 드러냈다.

문득 타카히로는 이상함을 느꼈다.

아무도 없는 클럽이라든가.

적막감이 흐르는 분위기라든가.

타카히로는 재빨리 뒤로 물러나며 주변을 살폈다.

"이 새끼들."

주변으로 모습을 드러내는 나미카와카이의 조직원들을 본 까닭이었다.

"이제 분위기 파악을 좀 한 모양이군."

타다시는 목을 두둑 꺾었다.

"어이, 타카히로."

그때 부회장 다이스케가 홀 중앙으로 걸어왔다.

"마담 좀 불……."

그는 홀을 둘러싼 타다시와 나미카와카이의 조직원들을 보자 얼굴을 굳혔다.

"너희들은 누구냐?"

그는 직감적으로 그들이 코도카이의 조직원이 아님을 느꼈다.

"너도 내 얼굴을 잊은 건가?"

"너는?"

그는 타다시를 보자 미간을 찌푸렸다.

"흠."

그러면서 주변을 재빨리 둘러보았다.

"사이조 카이쵸는?"

"사이조?"

그 물음에 타다시는 비릿한 웃음을 지었다.

"코우고."

"예, 부회장."

"다이스케 부회장이 사이조 카이쵸 찾으신다."

"찾으시면 보여드려야죠."

코우고의 눈짓에 유우키가 농구공보다 큰 목함을 가져왔다. 코우고는 다이스케 앞으로 목함을 발로 툭 차서 밀었다.

다이스케는 발 앞으로 밀려온 목함에 눈썹을 꿈틀거렸다.

"제가."

"됐다."

타카히로가 목함에 손을 가져가자 다이스케가 그의 손을 쳐내며 그 앞에 한쪽 무릎을 꿇고 앉았다.

달그락.

이내 목함의 뚜껑을 열었다.

그의 코끝에 짠 소금기가 섞인 비릿한 혈향이 느껴졌다.

아니나 다를까.

목함 안에는 사이조의 수급이 담겨있었다.

"흠."

다이스케는 입술을 지그시 깨물었다.

합장을 하더니 조심스럽게 목함을 다시 닫았다.

"너, 이 개새끼들!"

이어 다이스케는 살기를 내뿜으며 자리에서 일어났다.

"타카히로."

"하이."

"뫼셔라."

"하잇!"

타카히로가 묵직한 목소리로 대답하며 목함을 손에 쥐려 할 때였다.

와그작— 퍼석!

그때 누군가의 발이 목함으로 뚝 떨어지더니 짓밟았다.

그 발에 목함과 함께 사이조의 수급이 부서져 바닥으로 후드득 뿌려졌다.

"이놈!"

그 모습에 다이스케가 눈에서 시퍼런 귀광을 뿌리며 발의 주인, 박현의 목을 후려쳤다.

퍼억!

묵직한 타음에 오히려 뒤로 물러난 건 다이스케였다.

그는 욱신거리는 손을 매만지며 낯선 인물을 올려다보았
다.

"인사가 늦었습니다."

박현의 비릿한 조소에 다이스케는 이를 꽉 깨물었다.

"나미카와카이의 새 카이쵸, 하시모토 히로후미라고 합
니다."

박현은 정중하게 양쪽 무릎에 손을 얹으며 허리를 굽혔
다.

하지만 예의도 잠시.

고개를 쓱 든 박현은 더욱 진한 미소를 지으며 말을 이었
다.

"그대들의 목을 물어뜯을 들개들의 오야붕이죠."

"이 새끼, 죽엇!"

타카히로의 목소리가 터져 나왔다.

철컹!

그의 손에는 권총이 들려져 있었다.

박현이 고개를 삐딱하게 틀어 그를 바라보자.

탕—

타카히로는 박현의 머리를 향해 권총을 쐈다.

팟!

박현은 손을 휘젓듯 저어 자신의 머리를 향해 날아오는 총알을 움켜잡았다.

"……!"

그 순간 박현의 눈썹이 꿈틀거렸다.

손에서 화끈거리는 통증이 느껴졌기 때문이었다.

"흠."

박현이 손을 펼치자 손바닥에는 붉은 화상 자국이 길게 만들어져 있었다. 그리고 총알이 손바닥 중앙에 반쯤 박혀 있었다.

박현은 왼손으로 총알을 뽑아 살폈다.

총알은 은은한 은색을 띠고 있었다.

치이익—

그러는 와중에도 총알을 잡은 왼손 엄지와 검지에 하얀 김이 피어났다.

그저 총알을 잡고 있을 뿐인데도, 총알은 박현의 손가락에 화상을 입히고 있었다.

"야쿠자들은 의외로 총을 많이 써. 그게 의외로 먹히거든."

"인간들은 모르겠지만 신들에게도 먹힙니까?"

"먹혀."

"⋯⋯?"

"총알이 특수해. 신수(神水)로 담금질한 은과 미스
릴을 섞었거든."

일본에 건너올 때 폐안이 했던 말이 떠올랐다.

"이게 그 총알이군."

박현은 총알을 바닥에 툭 던지며 타카히로를 쳐다보았
다.

"이 새끼."

탕탕—

타카히로는 박현을 향해 권총을 빠르게 두 발을 쐈다.

팟!

동시에 박현의 신형이 그 자리에서 사라졌다.

박현이 눈앞에서 사라지자 타카히로가 눈을 부릅뜨며 빠
르게 사방으로 시선을 뿌렸다.

"크하아아앙!"

그런 그의 뒤에서 거대한 울음이 터져 나왔다.

"흡!"

재빨리 고개를 돌린 타카히로의 눈에 한 마리 흑호가 그
를 향해 발톱을 휘둘러왔다.

"히익!"

타카히로는 본능적으로 팔을 들어 머리를 보호했다.

하지만.

서걱!

그의 팔은 잘 벼른 일본도에 베인 듯 잘렸다.

"크흑!"

타카히로는 고통을 느낄 사이도 없이 또 다른 발톱에 얼굴이 반쯤 뜯겨 나갔다.

쾅!

박현은 바닥으로 허물어진 타카히로의 가슴을 발로 밟으며 타다시를 쳐다보았다.

『그대들의 복수를 본인의 손에 맡길 셈인가?』

"끄으으―."

박현은 자신의 꼬붕[子分]인 타다시와 조직원들을 쳐다보며 바닥에서 꿈틀거리는 타카히로의 가슴을 밟아 으깨버렸다.

콰직!

가슴이 함몰된 타카히로는 몸을 한 차례 부르르 떨다 바닥으로 축 늘어졌다.

"그럴 리가 있습니까?"

타다시는 다이스케를 바라보며 히죽 웃었다.

"크르르르르!"

타다시의 눈에 푸른 신광이 내뿜어지며 그가 낮은 울음
을 토해냈다.

＊　　　＊　　　＊

타다시의 몸에서 붉고 검은 기운이 넘실거리기 시작했
다. 울음에 들썩거리는 입술 사이로 날카로운 이빨이 번들
거렸다.

기운을 내뿜는가 싶더니 인간의 육신이 찢어지며, 전체
적으로 검은 피부에 붉은 줄무늬가 모습을 드러냈다.

"크르르르르!"

마지막으로 붉은 줄무늬와 너무나도 잘 어울리는 새빨간
눈동자가 귀광을 머금었다.

귀구(鬼狗)[1].

한 마디로 귀신 개.

우드득 우득—

뼈가 뒤틀리며 진체를 드러낸 타다시는 붉은 흉광을 뿌
리며 다이스케를 쳐다보았다.

"더러운 피를 가진⋯⋯."

다이스케가 입술을 자근자근 씹으며 주먹을 으스러지게

쥘 때였다.

"크르르, 컹!"

타다시는 무서움을 모르는 들개처럼 울음을 터트리며 다이스케를 향해 달려들었다.

"흡!"

타다시가 다이스케의 어깨를 물어뜯으려는 순간.

쐐애애액!

한 자루 단도가 타다시의 옆구리로 화살처럼 날아왔다.

팟!

그런 단도와 타다시 사이에 어느새 인간의 모습을 돌아온 박현이 서 있었다.

그는 톱날처럼 거친 검기를 머금은 단도의 날을 손가락으로 튕겼다.

탱— 퍽!

맑은 울림과 함께 단도는 천장으로 날아가 깊숙이 박혔다.

"뭐 해?"

"컹컹!"

그 말에 타다시는 뾰족한 이빨을 드러내며 웃음을 던진 후, 단도를 던진 신와카이 카이쵸 키라 히로후미 앞으로 걸어갔다.

"누구냐?"

히로후미는 날카로운 목소리로 말하며 박현을 쳐다보았다.

"인사드립니다. 나미카와카이의 새 카이쵸, 하시모토 히로후미입니다."

박현은 정중하게 무릎에 양손을 올리며 허리를 숙여 인사했다. 그리고는 고개를 삐죽 들어 히로후미를 쳐다보았다.

"……."

그 인사에 히로후미의 눈두덩이가 꿈틀거렸다.

"인연은 인연인 모양입니다. 이름도 같으니 말입니다."

박현이 씨익 웃음을 지었다.

"그런데 말입니다."

박현은 허리를 폈다.

"이 인연이 악연이라 심히 아쉽습니다."

"아, 악연?"

먼저 칼을 뽑아놓고 악연이라니.

박현은 황당해하는 히로후미를 손가락으로 가리켰다가 자신도 가리켰다.

"누군가 본인의 이름과 같은 이름을 사용한다는 건, 매우 불쾌한 일이지요. 안 그런가요?"

나른하다면 나른한 느린 말투에 히로후미의 얼굴이 일그러졌다.

　"고작 그 이유로 기습을 한 것이냐!"

　분노에 찬 물음에, 박현은 고개를 절레절레 저었다.

　"설마요."

　그러면서 이죽거리며 하얀 이를 드러냈다.

　"본인은 그 정도로 미치지 않았습니다."

　그 웃음에 히로후미는 이빨을 까드득 갈았다.

　"나미카와카이. 어디서 들어보지 않았습니까?"

　박현의 말에 잠시 후 히로후미의 눈이 부릅떠졌다.

　"칙쇼!"

　그도 떠올린 모양이었다.

　신와카이, 아니 카즈나리 일가와 나미카와카이의 악연을.

　그에 앞장서서 달려들었던 것이 자신들이었음을.

　물론 그때는 그저 땅바닥을 기어가는 개미 떼를 발로 밟아 죽이는 것과 같이, 시답잖은 일이라 여겼겠지만 말이다.

　"컹! 컹!"

　"죽엇!"

　그때 박현의 뒤에서 신와카이의 부회장 오노 다이스케의 악에 받친 일갈이 터졌다.

　"아이, 새끼. 지금 어른들 말씀 나누시는데 시끄럽게."

팟!

박현이 눈가를 찡그리며 축지를 밟았다.

그리고 다시 모습을 드러낸 곳은 바로 다이스케의 바로 앞이었다.

온몸이 물어뜯긴 듯 다이스케의 몸은 피칠 투성이였다.

박현은 절뚝이며 주춤 뒤로 물러나는 다이스케를 향해 손을 휘저었다.

콰드득— 트득!

박현의 손날에 다이스케의 목이 뜯기듯 찢어졌다.

푸학!

목에서 피가 튀었지만, 박현은 신력으로 우산을 쓰듯 피를 피하며 몸을 뒤로 돌렸다.

그러더니 손을 까딱여 타다시를 불렀다.

타다시가 다가오자 박현은 어깨에 팔을 두르며 히로후미를 쳐다보았다.

"이 녀석들이 그대의 목을 원해서."

"이, 이 새끼들이!"

히로후미가 화를 내든 말든.

팡!

박현은 타다시의 등을 손바닥으로 후려치듯 앞으로 떠밀었다.

"마무리는 잘하겠지?"

"크르르."

타다시는 영 못 미더운 눈으로 박현을 쳐다보았다.

그도 그럴 것이, 신와카이 카이쵸 보좌 타카히로도 기분 나쁘다고 죽여, 부회장 다이스케도 뒤에서 시끄럽게 군다고 죽여 버렸다.

"얼른 끝내자. 배고프다."

그러니, 여차하면 시간 끈다고 히로후미 카이쵸도 죽여 버리는 게 아닌가 싶었다.

『하이!』

"크르르, 컹컹! 크헝!"

타다시는 속으로 구시렁거리며 박현이 손을 쓰기 전에 얼른 히로후미를 향해 달려들었다.

＊　　　＊　　　＊

어둑한 밤.

화려한 긴자 거리와 어울리지 않는 어두침침한 뒷골목.

그리고 라멘집.

"후르륵~."

실내는 허름했지만 의외로 맛이 진한 게 좋았다.

더욱 좋았던 것은 반찬으로 김치가 나온다는 것이었다.

박현은 김치 하나로 느끼함을 달래며 맞은편에 앉아있는 타다시를 쳐다보았다.

그 시선을 느낀 것인지 타다시도 젓가락질을 멈췄다.

"맥주 한 잔 할까?"

그 말이 떨어지기가 무섭게 뒷테이블에서 라멘을 먹던 유우키가 벌떡 자리에서 일어나더니 맥주병과 잔 두 개를 가져왔다.

"너희들도 한 잔들 해."

"예, 오야붕."

딱딱하게 굳어있던 유우키가 싱글벙글한 얼굴로 맥주병을 꺼내 테이블에 돌렸다.

"수고했어."

박현은 타다시의 잔에 맥주를 채워주었다.

"수고라고나 할 것이 있었습니까?"

타다시는 퉁명스럽게 대답했다.

"그래도 한 놈 목은 땄잖아. 제일 큰 놈으로다가."

박현이 능글맞게 씨익 웃자 타다시도 피식 웃음을 삼키며 맥주병을 받아들었다.

"제가 한 잔 올리겠습니다."

둘의 잔이 채워지고, 가볍게 잔을 친 후 박현은 시원하게 잔을 비웠다.

"이 정도면 카즈나리의 손발을 자른 듯싶습니다."

타다시는 박현의 빈 잔을 채우며 말했다.

아니 물었다.

"손발을 자른 게 아니라, 손만 잘라낸 거지. 오른손, 왼손."

"……?"

"카즈나리 일가의 하부 조직이 있을 거 아니야."

"아."

타다시는 고개를 끄덕였다.

"넷입니다."

"그래, 넷이지."

"그들도 칠 셈이십니까?"

"이래 봬도 본인은 꽤나 안전 지향주의야."

"아~, 예."

마지못해 대답하는 걸 보면 영 믿는 눈치는 아니었다.

"손발 다 잘라놓고 카즈나리, 그 녀석 얼굴을 마주하면 볼 만 하겠지?"

박현이 맥주잔을 내밀었다.

"그게 ……목적이었습니까?"

"어허! 나 안전지향이라니까."

"아, 옙."

타다시는 어색하게 대답하며 잔을 마주쳤다.

"여어."

그때 다시 맥주병을 한 아름 들고 가는 유우키를 박현이 불러세웠다.

"예, 오야붕."

"그만 마셔라."

"예?"

유우키는 순간 자신이 잘못 들었다는 듯 되물었다.

"유우키."

그런 행동에 타다시가 목소리를 깔았다.

"하, 하이."

유우키는 울상을 지으며 다시 맥주병을 냉장고에 넣었다.

"대충 다들 먹은 거 같군."

박현은 주변 테이블을 살폈다.

"그럼 가자."

"예?"

박현을 따라 일어나던 타다시는 어정쩡하게 선 채로 눈을 껌뻑였다.

"다들 배 든든히 채웠지?"

"예, 오야붕!"

"하이."

다들 맥주를 두어 잔 마신 게 전부인지, 아쉬움이 가득한 표정이었다. 그래서인지 목소리는 맥이 쭉 빠져 있었다.

"어, 어디로 가자고 하시는 건지."

타다시가 다시 물어보았다.

조직원들도 궁금한지 눈을 동그랗게 뜨며 박현을 주목했다.

"어디긴 어디야. 카즈나리의 남은 발 잘라내야지."

"……지금 말입니까?"

"그러니까 서두르자. 오늘 해 뜨기 전에 모두 잘라버릴 생각이니까."

"그러니까, 이 야밤에 말입니까?"

타다시가 다시금 물었다.

"본인은 말이야."

박현은 타다시의 어깨에 손을 얹으며 조직원들을 쭉 쳐다보았다.

"내일 저녁, 카즈나리의 얼굴을 보고 싶어."

그 말에 타다시의 몸이 부르르 떨렸다.

"오늘 저녁, 전 오야붕 제사상에 바칠 목들 많으니까, 너무 섭섭해하지는 말고."

박현은 타다시의 어깨를 툭툭 쳤다.

"어디부터 갈까?"

박현의 말에 조직원들은 하나같이 꿀을 먹은 것처럼 조용했다.

"뭐야? 이런 표정들은?"

박현이 눈만 껌뻑이는 조직원들을 쳐다보며 말을 내뱉었다.

"가기 싫어?"

"아, 아닙니다!"

코우고.

앞뒤 안 가리는 성격답게 화끈하게 소리를 질렀다.

"오야붕!"

코우고는 콧바람을 훅훅 내뿜으며 박현 앞으로 걸어왔다.

"존경합니다! 그리고 진심으로 충성하겠습니다!"

코우고는 허리를 깊게 숙였다.

"네가 행동대장이지?"

"예. 주먹은 제가, 머리는 저 녀석이 맡고 있습니다."

코우고는 또 다른 간부 히데오를 가리키며 대답했다.

"앞장서."

"예, 오야붕."

"그래도 마지막 목 하나는 남겨놔라. 신나게 다 베지 말고."

"······?"

"이 녀석 또 삐친다."

박현이 타다시의 목을 슬쩍 죄며 씨익 웃었다.

"오, 오야붕."

타다시가 당황하며 박현을 불렀다.

"자, 가자!"

"하이!"

"하이!"

박현의 명에 우렁찬 복명 소리가 만들어졌다.

＊　　　＊　　　＊

고즈넉한 주택가.

아담한 주택들 사이로 일본 전통 가옥이 유달리 눈에 띄었다.

명패가 위치한 곳에는 사각형 형태의 다이몽이 걸려 있었다.

"여기부터?"

"동선상 여기부터 치는 게 가장 쉽습니다."

박현이 코우고를 보고 묻자 그가 고개를 끄덕였다.

"그래?"

박현은 고개를 돌려 높다란 담벼락을 쳐다보았다.

주변 주택보다 담의 높이가 높아 위압감을 풍겼다.

두둑 두두둑─

박현은 고개를 저어 목을 푼 뒤 단걸음에 담을 뛰어넘었다.

"헛!"

"오, 오야붕!"

"칙쇼!"

일언반구도 없이 박현이 갑작스럽게 담을 넘자 나미카와카미의 조직원들은 순간 당황했다가 그를 따라 담벼락을 뛰어넘었다.

투웅!

이어 결계가 쳐지고.

"크하아앙!"

흑호의 울음이 주택을 뒤흔들었다.

*용어

1) 귀구(鬼狗): 임방 저, 천예록에 따르면, 검은색과 붉은색 무늬를 가졌다. 눈은 붉고, 귀신 개라는 이름처럼 밤을 배경으로 한 이야기가 주로 전해져 온다. 신령스런 이가 부리는 개로, 함부로 싸우지 않을 정도로 신중하다 한다. 하지만 명령에 매우 충실해 한번 받은 명령은 끝끝내 따른다 한다.

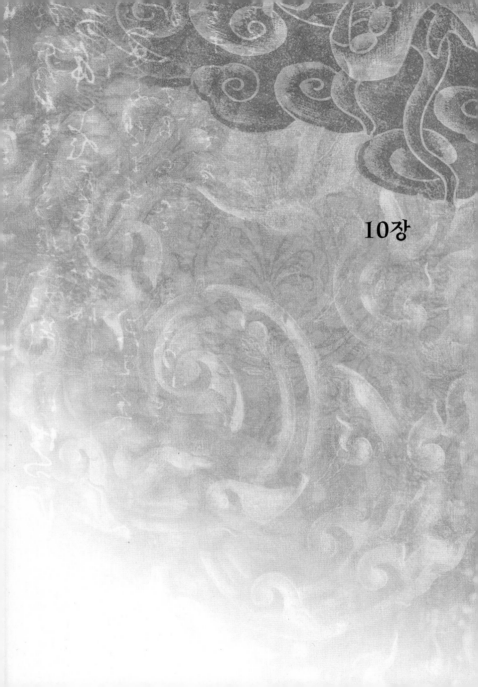

10장

콰앙!

매끈한 원목의 대문이 부서지며 코우고가 밖으로 튀어나
왔다.

"씨발! 씨이바아알!"

피투성이의 코우고는 허공에 주먹질을 해대며 소리를 질
렀다.

악에 받쳐 내지른 소리가 아니었다.

오히려 감격을 이기지 못하고 격정을 토해내는 몸짓이었
다.

"씨이바아아알!"

그러더니 자신을 뒤따라 나온 유우키에게 다가가 그의
머리를 붙잡고는 다시 소리를 질렀다.

"으아아아아!"

"우와아아아아!"

결국 둘은 서로를 바라보며 누가 더 큰 목소리를 내는가
경쟁이라도 하는 것처럼, 으스름하게 밝아오는 새벽녘 아
래서 있는 힘껏 함성을 내질렀다.

"하아—."

타다시는 한심하게 그들을 쳐다보다 한숨을 푹 내쉬었다.

턱.

그런 그의 어깨에 손이 하나 올라왔다.

"오, 오야붕."

손의 주인은 박현이었다.

"수고했어."

박현은 타다시의 어깨를 두어 번 두들긴 후 밖으로 나갔다.

그리고는 여전히 소리를 지르며 난리 브루스를 치는 둘
에게로 걸어가 엉덩이를 걷어찼다.

"어떤 새끼가!"

"죽고 잡냐! 앙?"

눈에 보이는 게 없었던지 둘은 눈을 홱가닥 뒤집으며 고
개를 뒤로 돌렸다.

"어이! 꼴통들."

"오야붕!"

"충성, 진짜~ 충성!"

박현을 보자 코우고와 유우키는 해맑게 웃었다.

피칠을 한 채.

"배 안 고프냐?"

"고픕니다!"

"밥 묵으러 가자."

박현은 코우고와 유우키의 어깨에 손을 턱 얹으며 걸음을 옮겼다.

"밥이다!"

"으싸!"

타다시는 뭐가 그리 좋은지 히히덕거리며 박현을 쫄래쫄래 따라가는 코우고와 유우키를 바라보며 피식 웃음을 삼켰다.

"가자."

타다시는 조직원을 데리고 박현의 뒤를 따랐다.

* * *

"흐암!"

카즈나리는 기지개를 쭉 켜며 침실에서 나왔다.

"잘 주무셨습니까?"

거실 소파에서 밤을 지새운 조직원 둘이 자리에서 일어나 허리를 숙였다.

"밤새 고생이 많아."

"아닙니다, 오야붕."

카즈나리는 소파 상석에 털썩 주저앉았다.

"신문은 방금 가지러 나갔습니다."

간부가 녹차를 가져와 탁자에 올려놓았다.

카즈나리는 녹차를 한 모금 입에 담아 텁텁해진 입안을 씻으며 시가함을 열어 시가 하나 꺼냈다.

그러자 조직원 하나가 얼른 라이터를 꺼냈지만, 다른 조직원이 그의 팔을 툭 치며 고개를 저었다.

"죄송합니다, 오야붕. 신입이라."

"괜찮아."

카즈나리는 정성스럽게 시가 끝을 자르고, 성냥불로 시가에 불을 붙였다.

"오야붕의 아침 의식이야. 어설프게 나서지 마."

선배 조직원이 신입에게 충고하며 현관 쪽으로 밀었다.

"신문은 어찌 된 거야? 너 가서 확인해 봐."

"하잇!"

신입은 긴장한 탓인지, 저도 모르게 우렁찬 목소리로 대답했다.

"야, 이 새끼야. 조용히 안 해? 아침부터."

선배 조직원은 재빨리 신입의 입을 틀어막으며 카즈나리의 눈치를 살폈다.

다행히 카즈나리는 별다른 표정의 변화 없이 시가에 집중하고 있었다.

하지만 그의 옆에서 시중을 들고 있던 간부가 눈을 부라렸다.

"조용히 갔다 와."

선배 야쿠자는 얼굴을 찡그리며 윽박질렀다.

"예, 옙."

그제야 자신이 뭔 짓을 저지른 것인지 알아차린 신입은 하얗게 탈색된 얼굴로 대답했다.

그리고는 과하게 발 앞꿈치로 소리를 죽이며 현관으로 향했다.

하지만 그의 노력이 비참하리만큼 산산 조각났다.

콰당!

현관문이 부서질 듯 요란하게 열리며, 아침 신문을 가지러 나갔던 조직원이 하얗게 질린 얼굴로 헐레벌떡 안으로 뛰어들어 왔다.

"오, 오야붕!"

얼마나 정신이 없었던지 밖에서 신고 있던 신발마저 신고 거실로 뛰어들어 왔다.

"이 새끼들이! 오냐오냐하니까. 뭐가 아침부터 이렇게 시끄러워! 어?"

카즈나리는 시가를 재떨이에 구기듯 끄며 소리를 버럭 질렀다.

"죄, 죄송합니다. 오야붕."

간부도 얼굴을 잔뜩 구겼다.

"너 이 새끼."

간부가 신문을 가지러 나갔던 조직원을 노려보았지만.

"오, 오야붕. 아니 미츠오 간부!"

심상치 않음을 느낀 미츠오가 눈매를 가늘게 만들었다.

"무슨 일이야?"

"바, 밖에."

"밖에?"

"사이조 카이쵸와, 히로후미 카이쵸, 그리고 부회장과 간부들의 수, 수급이……."

"수급?"

미츠오 간부가 눈을 부릅뜨며 되물었다.

"누구라고?"

카즈나리의 목소리가 날카롭게 이어졌다.

"코도카이의 기시모토 사이조 카이쵸와 신와카이의 키라 히로후미 카이쵸."

키시모토 사이조는 자신을 이끌어 준 오야붕이었고, 자신을 독립시킨 후, 현 고베 야마구치구미의 후계자가 될 수 있게 밀어준 이였다.

또한 키라 히로후미는 자신과 형제의 잔을 나눈 후, 누구보다도 손발을 맞춰가며 성장해온 친형제보다도 가까운 형제였다.

"그리고!"

"마사카 부회장, 노조미 간부……."

이어진 조직원의 이름은 카즈나리의 분노를 더욱 크게 만들었다.

그도 그럴 수밖에 없는 것이 조직원의 입에서 거론되는 이들은 카즈나리 일가 안에서 어엿하게 자신의 조직을 꾸린 이들이었다.

비록 카즈나리 일가에 적을 두고 있지만, 어엿한 야쿠자 조직의 수장들이었다. 또한 자신의 명에 서슴없이 칼이 되어주는 이들이기도 했다.

또한 훗날, 자신이 고베 야마구치구미의 카이쵸가 된다면 자신을 뒷받침해 줄 든든한 세력이기도 하였다.

그래서 카즈나리가 공을 들여 키운 이들이기도 하였다.

기시모토 사이조와 키라 히로후미. 그리고 일가의 부회장과 세 간부.

그리고 그들의 죽음.

결국 그것들이 말하는 바는, 자신의 일군 세력의 몰락을 의미하는 바였다.

거기에 자신이 아끼던 야스오 보좌와 간부 타카시까지.

조직 자체가 흔들리는 느낌이었다.

"으아아아!"

카즈나리는 두툼한 크리스털 재떨이를 움켜쥐더니 벽으로 집어던졌다.

쾅!

크리스털 재떨이는 얇은 벽을 뚫고 박혔다.

*   *   *

"걱정 마쇼. 금방 식사만 마치고 나갈 테니까."

타다시는 부엌에서 떨고 있는 식당 주인 부부에게 지갑에서 잡히는 대로 몇 만엔을 꺼내 쥐여 주었다.

"그리고."

"아, 아무 말도 하지……. 아무것도 못 봤습니다."

남편이 아내를 뒤로 감추며 고개를 끄덕였다.

타다시는 그런 그를 향해 고개를 끄덕인 후 자신의 자리로 돌아가 앉았다.

그리고는 김이 모락모락 나는 뜨거운 밥을 한 입 떠서 입에 넣었다.

"타다시."

박현의 목소리에 타다시는 얼른 젓가락을 내려놓았다.

"예, 오야붕."

"저 녀석들 말이야."

박현이 턱으로 옆 테이블에 앉아있는 조직원들을 가리켰다.

일단 민간인들에게 폐를 끼칠 수 없기에 조용히 식사를 하고 있었지만, 누가 봐도 흥분을 주체하지 못하는 모습들이었다.

"이래서 애들 재우고 저녁에 카즈나리 얼굴 볼 수 있을까?"

"흠."

타다시는 그들의 마음을 모르는 바가 아니었기에 잠시 그들을 쳐다보았다.

솔직히 비록 표정 관리를 하고 있지만 감정은 그들과 다르지 않았다.

자신의 형제를 죽이고, 오야붕을 끝끝내 망가트려 죽인 이들.

꿈에서라도 죽이고 싶던 이들이었다.

다만 힘이 없기에 울분만 삭이며 세월을 보내고 있었다.

그런데 꿈을 꾸듯 하루 만에 모조리 그들의 목숨을 자신의 손으로 끊어냈다.

비록 아직 카즈나리가 남아있지만, 가슴을 무겁게 누르는 울분이 가시는 느낌이었다.

"강제라도 재우겠습니다."

"강제라."

박현이 턱을 괴며 싱긋 웃음 지었다.

"재운다고 자겠어?"

"그래도 마지막 거사가 남았으니, 얌전히 잘 것입니다."

"흐응."

박현은 묘한 소리를 냈다.

"오, 오야붕?"

비록 박현을 오야붕으로 모신 지 며칠 되지 않았지만, 아니, 정확히는 함께한 지 하루도 되지 않았지만.

묘한 행동을 할 때면 정신을 차릴 수 없을 정도로 몰아쳤다.

"어이. 코우고!"

박현의 부름에 입안으로 음식을 쓸어담던 코우고가 얼른 젓가락을 내려놓으며 뒤로 돌아섰다.

"하, 하이, 오야웅."

밥을 미처 삼키지 못한 듯 목소리가 뭉개졌다.

"어때?"

"뭐, 뭐가 말입니까?"

"지금 카즈나리 목 따러 갈까?"

박현이 씨익 웃으며 물었다.

그 물음에 놀란 듯 코우고의 턱이 아래로 툭 떨어졌다.

"지, 지금 말입니까?"

당황해서 되물은 건 코우고가 아니었다.

부회장 타다시였다.

"뭐 싫으면 말고."

박현은 어깨를 으쓱 들어올리며 다시 젓가락을 들었다.

"아닙니다!"

"꼭 가고 싶습니다!"

코우고와 유우키.

둘의 대답은 언뜻 자양강장제 CF의 한 장면을 보는 듯했다.

"그럼 배 채우고 바로 갈까?"

"하이!"

"하이!"

"하이!"

박현의 말에 조직원들이 일제히 복명했다.

"오, 오야붕."

"왜?"

"하, 하지만……."

타다시 역시 그 말에 흥분에 심장이 뛰었다.

하지만, 겉보기와 달리 모두 지친 상태였다.

초저녁, 신와카이를 시작으로 네 개의 조직까지.

밤새 단내가 나도록 죽이고, 또 죽였다.

또한 자신과 오야붕 박현은 어떤가?

그 전에 코도카이까지 상대했었다.

평생 이처럼 미친놈처럼 싸운 적이 없었다.

말은 안 했지만 자신도 온몸이 욱신거릴 정도로 지쳐 있었다.

"무얼 걱정하는 건 알겠는데."

타다시는 박현을 쳐다보았다.

"본인이 있잖아."

"휴우―."

타다시는 그런 박현을 보며 한숨을 푹 내쉬었다.

그러다 자신에게 쏟아지는 동생들의 눈빛에 고개를 절레

절레 저었다.

"오야붕."

"어."

"나도 어디 가서 미친놈 소리 들어가며 살았는데."

타다시는 박현을 쳐다보았다.

"오야붕은 나보다도 미쳤소."

"칭찬인가?"

"칭찬으로 들립니까?"

퉁명스러운 타다시의 말에 박현이 고개를 끄덕였다.

"미친 들개에게 그 말을 들으니 칭찬으로 들리는군."

박현은 고개를 돌려 조직원들을 쳐다보았다.

"얼른 비워라! 그리고 가자!"

"하이!"

"하이!"

그 말에 조직원들은 일제히 밥그릇에 코를 파묻고 남은 밥을 입 안에 쓸어넣었다.

"먹어. 그래야 힘을 내지."

박현은 타다시의 어깨를 툭 친 후 젓가락을 다시 들었다.

"휴우—."

타다시는 한숨을 내쉬며 박현을 따라 젓가락을 들었다.

"너무 걱정하지 마."

"……?"

"본인만 믿어."

박현은 씨익 웃으며 밥을 떴다.

그 순간 타다시의 머릿속에 흑호의 위용이 선명하게 떠올랐다.

그와 함께라면.

타다시는 몸을 부르르 떨며 입안으로 밥을 욱여넣었다.

*   *   *

도쿄 중심부에서 비켜 간 한적한 주택가.

주택가에서도 외진 곳에 홀로 동떨어지듯 홀로 서 있는 주택이 하나 있었다.

마치 요새처럼 높은 담장을 두른 주택은 카즈나리의 본가였다.

이른 시각이기는 했지만, 이르게 출근을 하는 이들이 간간이 있었다.

그들은 피투성이의 사내 십여 명이, 그것도 고베 야마구치구미의 핵심 인물인 카즈나리의 본가 앞에 떡하니 서 있으니 지나가는 이들 모두 하나같이 화들짝 놀라 돌아가기 일쑤였다.

"어때?"

박현이 타다시의 어깨에 손을 얹으며 물었다.

"뭐가 말입니까?"

타다시는 애써 흥분을 감추며 담담하게 대답했다.

"에이, 우리 부회장 참으로 재미없어. 그치?"

박현은 고개를 돌려 코우고를 당겨 그의 어깨에도 팔을 둘러메며 물었다.

"우리 간부이자, 행동대장인 코우고 상의 기분은 어떠신가?"

"기분이 째집니다."

반면 코우고는 흥분된 마음을 숨기지 않았다.

그는 피부가 따끔따끔거릴 정도로 살기를 드러내고 있었다.

"오야붕."

"어."

"내가 말입니다. 오늘 죽어도 웃으며 죽을 수 있을 거 같습니다."

"안 죽어. 걱정 마."

"고맙습니다, 오야붕."

"안 고마워해도 돼."

"네?"

"본인도 저 새끼를 봐야 할 이유가 있으니까."

박현의 몸에서 은은한 살기가 피어났다.

"새끼. 다시 생각하니까 열 받네."

박현은 입술을 혀로 핥으며 목을 두둑 꺾었다.

"오, 오야붕."

"흡!"

박현의 살기가 진해지자, 어깨동무를 하고 있던 타다시와 코우고가 그 살기를 버티지 못하고 휘청이며 무릎이 살짝 꺾였다.

"여기까지 와서, 피곤하니 힘드니 그런 놈들 없지?"

박현은 어느새 황금빛을 담은 눈으로 카즈나리 본가를 지그시 쳐다보며 물었다.

"없습니다."

"카즈나리의 목을 볼 때까지는 지치지 않습니다."

"좋아."

박현은 타다시와 코우고에게서 팔을 풀었다.

"미리 말하지만 카즈나리의 목은 양보 안 한다."

박현은 발을 들어 바닥을 찍었다.

쿠웅—

박현의 발에서 검은 기운이 퍼져나가 한순간에 카즈나리의 본가를 뒤덮었다.

검은 안개가 드리우듯 결계는 불길한 묵빛을 잠시 그려 냈다가 투명하게 바뀌었다.

"후와!"

코우고가 막힌 숨을 터트리며 감탄사를 터트렸다.

"이런 결계는……."

일본의 신들 중에서 이만한 결계를 칠 수 있는 신이 과연 몇이나 있을까?

타다시의 눈이 파르르 떨렸다.

천외천.

'진정 천외천이신가?'

타다시는 흔들리는 눈동자를 애써 바로 잡으며 박현의 등을 쳐다보았다.

"그럼 갈까?"

"하이!"

그 말을 기다렸다는 듯이 코우고가 앞으로 튀어나갔다.

하지만 그의 바람과 달리 박현에게 뒷목이 잡혀 허공을 몇 차례 휘젓고는 다시 바닥에 내려섰다.

"뭐가 그리 급해?"

"예?"

원래 뭔가 시작하기 전에, '시작, 땅!'이란 게 있다.

그런데 새 오야붕은 '시' 자만 툭 내뱉으며 적을 향해 달려들었었다.

지금껏 그렇게 다짜고짜 싸움터에 뛰어든 게 박현이었다.

그래 놓고 발이 늦네, 싸울 의지가 약하네, 그래서 원수들의 목을 하나라도 더 딸 수 있겠냐며 반쯤 농으로 약 올렸었다.

그래서 이번만큼은 뒤질세라 땅을 박찼건만, 돌아온 건 타박이었다.

"맛있는 건 천천히 먹는 거야. 천천히."

"처, 천천히요?"

코우고는 황당해하며 물었다.

"그래."

박현은 굳게 닫힌 문을 보며 입술을 혀로 핥았다.

"본인이 저 새끼 목 따려고 친히 일본으로 납시었는데. 다짜고짜 목을 날릴 수는 없잖아."

"네? 이, 일본으로 넘어오시다니요?"

아직까지는 박현에 대해 아는 건 타다시뿐이었다.

정확히는 타다시도 박현에 대해 많은 것을 알지 못한다.

"알면 다친다."

"네?"

타다시가 어이없어하며 반문할 때.

팟!

박현의 신형이 사라졌다.

콰앙!

이어 카즈나리 본가의 대문이 산산이 부서지고 있었다.

당연히 시끌벅적한 시작의 주인은 박현이었다.

"우와! 저, 저거 봐. 내 이럴 줄 알았어. 유우키!"

"예, 형님."

"가자!"

코우고와 유우키를 시작으로 나미카와카이의 조직원들
은 재빨리 박현을 따라 카즈나리 본가로 뛰어들었다.

　　　　　*　　　*　　　*

"후우ㅡ, 후우ㅡ."

카즈나리는 거친 숨을 몰아쉬었다.

거실에 온전한 것은 없었다.

"하아ㅡ."

카즈나리는 손으로 메마른 세수를 하며 의자에 털썩 주
저앉았다.

"오야붕."

간부 미츠오가 조용히 물 한 잔을 건넸다.

카즈나리는 한숨을 푹 내쉬며 물 잔을 받아 텁텁해진 입 안을 달랬다.

"다들 집합시켜."

"하이."

"그리고 누군지 찾아봐."

"알겠……."

미츠오가 대답을 하려는 그때였다.

쿠웅!

묵직한 기운이 그들을 덮쳤다.

그리고 1초도 안 될 짧은, 찰나였지만 창문 너머 햇살이 검게 물들었다가 사라졌다. 순간적으로 자신이 눈을 껌뻑였거나, 아니면 착각이 아닐까 싶을 정도로 찰나였다.

만약 지금 온몸을 짓누르고 지나간 기운이 없었다면 착각으로 넘겼을지도 모른다.

"……!"

"……!"

그 기운에 카즈나리와 간부 미츠오의 눈빛이 마주쳤다.

카즈나리가 굳은 얼굴로 막 자리에서 일어날 때였다.

콰앙!

창문 너머로 나무와 쇠가 부서지는 소리가 터졌다.

와당탕탕탕─

카즈나리가 그 소음에 자리를 박차고 일어나자 의자가 힘없이 뒤로 튕겨 나갔다.

제법 큰 소음이 만들어졌지만, 어느 누구 하나 신경 쓰는 이는 없었다.

그들의 시선은 오로지 현관으로 집중되어 있었다.

그리고 아니나 다를까.

콰앙!

무거운 철판으로 만들어진 현관문이 마치 폭탄이라도 맞은 듯 움푹 파인 채 튕겨져 거실 한구석에 처박혔다.

저벅 저벅 저벅!

이어 발걸음 소리가 거실로 침범했다.

"네놈들이군."

카즈나리는 겨우겨우 인내심을 발휘하며 물었다.

"참으로."

"⋯⋯?"

느긋한 목소리에 카즈나리의 눈가에 주름이 더욱 깊어졌다.

"보고 싶었어."

박현이 카즈나리를 보며 히죽 웃음을 지었다.

"못 보던 얼굴인데."

카즈나리가 얼마나 이빨을 꽉 깨물었는지 입술도 거의

떨어지지 않았다.

"너는?"

박현 뒤로 걸어들어온 타다시를 본 미츠오가 그를 알아
보았다.

"오랜만이군."

타다시는 이빨을 보란 듯이 드러내며 웃음을 지어 보였다.

"나미카와카이인가?"

타다시를 알아본 카즈나리는 미간을 찌푸렸다.

"오랜만입니다, 카즈나리 카이쵸."

타다시는 정중하게 허리를 숙였다.

"네놈은?"

카즈나리는 박현을 쳐다보았다.

"새 오야붕이십니다."

타다시가 박현을 대신해 소개했다.

"네가 류오코와 형제의 잔을 마셨다던 그놈이로군."

기억을 떠올린 카즈나리는 순간 눈을 부릅떴다.

"설마?"

이내 얼굴이 험악하게 일그러졌다.

"류오코, 그 녀석이 판 함정이로군."

그리고 분노가 담긴 살기가 그의 몸에서 풀풀 흘러나왔다.

"파문장. 다 거짓이었군."

"이야기가 갑자기 이상한 대로 빠지는데."

박현은 어이없어하며 이마를 긁었다.

"네놈들이 하룻밤 사이에 그 모두를……."

"무슨 개소리를 하고 자빠졌어?"

코우고.

"오야붕의 목숨을 내놓고 겨우 목숨만 부지한 너희들이 내 손과 발을 잘랐다고?"

"그래!"

코우고는 가슴을 쭉 내밀며 대답했다.

"지금 그 개소리를 나보고 믿으라는 것이냐?"

"아오!"

코우고는 답답하다는 듯 가슴을 마구 쳤다.

"크크크, 크하하하하하!"

카즈나리는 그 소리에 대소를 터트렸다.

"류오코, 이 새끼. 항쟁에는 관심이 없는 줄 알았는데, 이렇게 거하게 뒤통수를 때릴 줄이야."

"무슨 개소리냐고!"

코우고가 다시금 버럭 소리를 높였다.

"미츠오!"

카즈나리는 살기 어린 눈으로 박현을 비롯해 나미카와카이의 조직원들을 노려보며 미츠오를 불렀다.

"예, 오야붕!"

"본 일가는 스미요시카이의 간교한 술수에 말려들었다."

"하이!"

"항쟁이다!"

"하이!"

카즈나리의 말에 미츠오는 마른 침을 꿀떡 삼키느라 대답이 한 박자 늦어졌다.

"누구든 살아남아 본조(本組)에 알려라!"

"오, 오야붕!"

카즈나리의 말에 미츠오의 눈동자가 흔들렸다.

"나는 오늘 산화한다."

카즈나리가 손을 뻗자.

우우웅―

거실 한 편에 놓인 일본도가 나직하게 울음을 토하며 허공으로 떠올랐다.

스르릉― 스릉~

일본도 대도와 소도가 검집을 빠져나와 카즈나리의 손에 쥐여졌다.

"적어도 네놈들의 목을 베어 류오코 앞으로 보내주지."

"하아―."

그 모습에 박현이 보란 듯이 한숨을 푹 내쉬었다.

"이 병신이 뭐라는 거야?"

박현의 이죽거림에 카즈나리의 얼굴이 일그러질 대로 일그러졌다.

"류오코와 형제의 잔을 나눴다고 진짜 형제인 줄 아는 멍청이가 여기에 있었군."

카즈나리는 박현이 했던 대로 이죽거림을 되돌려주었다.

"너는 그냥 꼭두각시다. 그걸 모르는 놈이라니."

"푸하하하!"

결국 박현은 웃음을 터트릴 수밖에 없었다.

"이봐. 카즈나리."

박현은 카즈나리의 검격 안으로 뚜벅뚜벅 걸어갔다.

"본인이 말이야. 그대를 만나기 위해 얼마나 학수고대한 줄 아나?"

"……?"

"우리가 안면이 있었던가?"

"으응."

박현은 고개를 저었다.

"안면은 없지. 하지만 인연은 있지."

박현이 씨익 웃음을 지었다.

"인연?"

"그래, 인연."

"……."

"그 인연 때문에 바다를 건너 일본에 온 것이야."

"……?"

"굳이 정의하자면 악연이지."

박현의 눈동자에 황금빛이 감돌기 시작했다.

"본인의 눈, 어디서 보지 않았나?"

"흡!"

황금빛 눈동자.

그리고 검은 맹수.

"너, 너는!"

"크르르르르르!"

박현의 몸이 커지며 흑호의 울음을 토해냈다.

『감히 본인의 땅에서 쥐새끼처럼 설쳐?』

박현은 카즈나리 얼굴 바로 앞으로 얼굴을 들이밀었다.

"크하아아앙!"

그리고 어느 때보다도 흉포한 울음을 터트렸다.

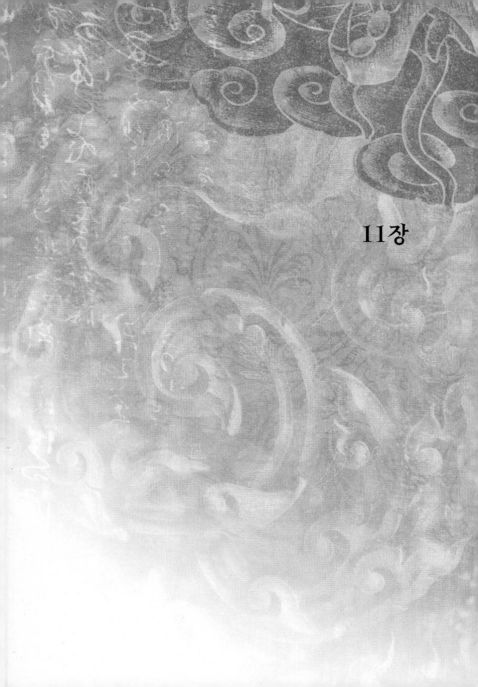

11장

"크하아아앙!"

바로 눈앞에서 울려 퍼진 울음은 카즈나리의 속을 뒤흔들었다.

"흡!"

신기를 담은 울음을 뒤집어쓰자 순간 내부가 진탕되며 비릿한 핏물이 목구멍을 비집고 올라왔다. 카즈나리는 어금니를 꽉 깨문 채 핏물을 삼키며 겨우 속을 다스려야 했다.

동시에 일본도를 쥔 양손을 꽉 말아쥐며 신력을 끌어올렸다.

신력이 몸을 가득 채우자 뒤틀린 속이 가라앉았다.

"크핫!"

카즈나리는 일갈을 터트리며 감히 겁 없이 자신의 간격
에 들어선 박현을 향해 일본도를 휘둘렀다.

쐐애애액!

카즈나리는 소도로 박현의 배를 찌르며 대도로 크게 휘
둘러 박현의 가슴을 베어 갔다.

콱!

가장 먼저 소도가 그의 배를 찔렀을 때, 이질적인 느낌이
검자루를 통해 느껴졌다. 하지만 소도를 배를 찌르고 가슴
을 가르는 검로(劍路)는 둘이 아닌 하나의 연격이었다.

카즈나리가 이질적인 느낌을 털어내며 대도로 박현의 어
깨부터 베어 갈 때였다.

아래서부터 세 줄기의 검은 기운이 튀어 올랐다.

그 세 줄기의 검은 기운은 붉은 핏물을 끄집어냈다.

"크윽!"

동시에 카즈나리는 어깨에서 느껴지는 고통에 신음을 삼
켰다.

그리고 카즈나리의 대도를 움켜쥔 오른팔이 바닥으로 툭
떨어졌다.

"크으으."

박현은 너덜너덜해진 오른팔을 움켜잡고 뒤로 물러나는 카즈나리를 바라보며 손톱에 맺힌 핏물을 혀로 가져갔다.

"크르르르."

그리고 히죽 어금니를 드러냈다.

『이런, 이런.』

박현은 안타깝다는 듯 말하면서도 눈으로는 웃음을 그렸다.

『이러면 안 되는데.』

뭐가 안 된다는 것일까.

카즈나리의 미간이 꿈틀거렸다.

표정에서 의문이 드러나서일까, 아니면 그런 그의 마음을 짐작해서일까.

박현은 친절하게 그의 의문을 풀어주었다.

『본인이 친절하게 그대를 찾아왔는데, 적어도 온 보람은 느끼게 해줘야 할 거 아니야?』

쿵!

박현은 그 자리에서 튀어 나가 카즈나리의 앞에 섰다.

"크하아아앙!"

박현은 그의 얼굴 앞에 다시 얼굴을 내밀며 울음을 터트렸다.

『좀 더 반항을 해보라고. 반항. ⋯⋯!』

"이 새끼!"

간부 미츠오가 거실 서랍에서 권총을 꺼내 박현을 겨눴다.

탕— 탕탕탕!

미츠오는 탄집이 빌 때까지 박현의 등을 향해 권총을 쏘아댔다.

퍼버벅 퍼벅!

박현의 등과 어깨에서 붉은 피가 튀었다.

츠츠츠츠—

붉은 피가 흐르는 총상에서 붉은 연기가 피어났다.

잠시 후, 박현의 몸에서 검은 기운이 스물스물 피어나더니 그의 몸에 박힌 총알들이 밖으로 밀려나 바닥으로 후드득 떨어졌다.

『타다시.』

"컹컹! 커헝!"

박현의 말에 붉은 흉광을 뿌리는 검은 그림자가 미츠오를 덮쳤다.

검은 털에 붉은 줄무늬.

귀구, 타다시였다.

"캬르르르르!"

타다시는 그의 팔을 물어뜯어 권총을 떨어뜨리자마자 그

의 목을 물어갔다.

"죽엇!"

카즈나리는 박현의 시선이 잠시 비켜 간 사이를 놓치지 않고 박현의 품으로 파고들며 왼팔을 휘둘러 소도로 박현의 목을 베어 갔다.

『새끼.』

그러자 박현은 한순간 몸을 아래로 낮추더니 카즈나리의 몸을 파고들어 허리를 감쌌다.

콰앙!

그를 번쩍 들어 바닥에 내려찍었다.

"컥!"

설마 신이 종합격투기의 기술을 쓸 줄 몰랐던 카즈나리는 어이가 없을 정도로 바닥을 나뒹굴었다.

박현은 바닥에 누워 있는 카즈나리의 얼굴을 향해 발을 내려찍었다.

콰직!

나무로 된 바닥이 부서지며 파편이 카즈나리의 뺨을 스치며 비산했다.

"빌어먹을 조센카미[朝鮮神]."

카즈나리는 몸을 비틀며 박현의 발등으로 소도를 내려찍었다.

재빠른 일검이었지만, 박현은 발을 빼 검을 피하는 동시에 그의 팔목을 잡았다. 그리고 종합격투기의 기술인 파운딩을 날리듯 그의 얼굴에 주먹을 내리꽂았다.

퍼억!

"커헉!"

커다란 주먹에 코가 뭉개지며 피가 튀었다.

박현은 재빨리 카즈나리의 몸 위로 올라타 그라운드 상위 포지션을 잡았다.

"이 조센카미!"

하지만 카즈나리도 순순히 당하지 않겠다는 듯 허리를 튕겨 공간을 만들어냈다. 동시에 카즈나리의 눈에 신광(神光)이 들어서며 그가 들고 있던 소도에 톱니처럼 거친 검기가 피어났다.

"죽엇!"

쑤아악—

카즈나리는 박현의 옆구리를 향해 소도를 찔러 갔다.

카그그극!

또 이질적인 감각에 카즈나리의 눈매가 찌푸려졌다.

첫 일수(一手)도 그러하더니.

카즈나리는 소도를 향해 흘깃 시선을 옮겼다.

"……!"

검은 조개껍데기가 소도의 검날을 꽉 깨물고 있었다.

후우욱—

그때 박현의 커다란 주먹이 무차별로 카즈나리의 얼굴로 떨어졌다.

잠시 시선을 다른 곳으로 돌려서일까.

카즈나리는 거의 무방비 상태로 주먹을 허용하고 말았다.

퍼억— 퍽퍽퍽퍽!

주먹 한 발, 한 발에 피가 튀고 이빨이 부러지며 얼굴이 곤죽이 되어 갔다.

"끄으으!"

카즈나리는 얼굴로 날아오는 주먹을 막기 위해 소도를 포기하며 하나 남은 왼손으로 얼굴을 가렸다.

콰직!

"꺼억!"

얼굴을 가리자 마치 기다렸다는 듯 옆구리에서 어마어마한 통증이 느껴졌다.

갈비뼈가 부러진 듯 숨을 들썩일 때마다 허리가 끊어지는 듯한 고통이 찾아왔다.

카즈나리는 저도 모르게 지독한 고통이 느껴지는 옆구리로 손을 가져갔다.

그때 그의 얼굴로 다시 주먹이 떨어졌다.

일방적인 폭력이었다.

퍽! 퍽! 퍽!

"으아아!"

카즈나리는 결국 주먹을 이겨내지 못하고 다시 얼굴을 감싸며 몸을 옆으로 돌려 웅크렸다.

고통에서 벗어나고자 하는 그의 간절함을 알았을까.

더 이상 박현의 공격은 없었다.

"끄으으, 헉헉."

카즈나리는 곁눈질로 자신을 올라탄 박현을 흘깃 쳐다보았다.

그와 눈이 마주치자, 그의 입가로 지어지는 미소가 보였다.

그 웃음이 주는 섬뜩함에 카즈나리는 몸을 부르르 떨었다. 그런 그의 눈으로 다시 주먹이 떨어지기 시작했다.

카즈나리는 본능적으로 다시 얼굴을 팔에 파묻으며 최대한 몸을 웅크렸다.

고통을 조금이라도 덜 받으려는 처절한 몸부림이었건만.

퍽— 퍽퍽퍽!

박현의 주먹은 얼굴을 감싼 팔을 뚫고 고통을 선사했다.

꽈직!

결국 하나 남은 왼팔도 더는 박현의 주먹을 이겨내지 못하고 부러지고 말았다.

하지만 카즈나리는 팔뚝이 부러지는 고통을 느끼지 못했다.

왜냐하면 얼굴로 무차별적으로 떨어지는 주먹이 그의 의식을 간간이 끊었기 때문이었다.

"으어, 으으……."

날카롭던 정신도 고통 속에 무너지고, 코뼈가 부러진 것으로도 모자라 안면이 무너진 듯 숨조차 제대로 쉬어지지 않았다. 가뜩이나 갈비뼈가 부러져 숨쉬기가 어려운데 호흡마저 막히자, 카즈나리의 의식은 서서히 무너지고 흐릿해져 갔다.

그래서일까.

박현의 주먹에 들썩이는 시선 안으로 피를 뿌리며 죽어가는 수하들의 모습이 눈에 들어왔다. 그 장면은 마치 제3자의 눈으로 보는 영화처럼 느껴졌다.

더불어 고통이 전처럼 지독하지 않았다.

툭—

의식이 끊겼다 다시 돌아왔다.

"크르르르."

이제는 초점도 잡히지 않는 눈에 몇 겹으로 겹쳐진 검은 실루엣이 보였다.

'누구?'

문득 든 생각.

'조선의 신.'

툭툭 끊기는 의식 속에서 겨우 박현을 기억해낼 수 있었다.

'⋯⋯!'

이상하리만큼 흐릿한 시선 속에서 자신의 얼굴을 향해 베어오는 세 줄기의 박현의 발톱만큼은 선명하게 보였다.

'아!'

저 발톱은 자신의 목줄을 끊으리라는 것을 직감적으로 느꼈다.

죽음.

'이제 죽는구나.'

카즈나리의 입가에 옅은 미소가 지어졌다.

"꺼억!"

그리고 단검보다도 날카로운 발톱이 그의 뺨과 목을 베고 지나갔다. 흐려진 고통이 다시금 선명하게 바뀌었고, 다시 의식이 흐려졌다가 툭 끊겼다.

"크르르르."

박현은 목이 반쯤 잘려 죽은 카즈나리의 시신을 내려다보며 자리에서 일어났다.

"후우—."

박현은 진체를 벗고 인간의 탈을 다시 쓰며 카즈나리 본가 거실을 둘러보았다.

내부에 온전한 건 하나도 없었다.

집이 무너지지 않은 게 용해 보일 정도로 벽은 반 이상 허물어져 있었고, 기둥도 두엇 부러져 있었다.

폐가처럼 변한 거실을 둘러본 박현의 눈은 자연스레 나미카와카미의 조직원들에게로 향했다.

그사이 싸움을 마친 조직원들 역시 신의 탈을 벗고 인간의 모습을 하고 있었다.

타다시를 비롯해 평온한 모습을 하고 있는 이가 있는 반면, 코우고처럼 거친 숨을 몰아쉬며 호흡을 가다듬는 이들도 있었다. 온전한 모습을 한 녀석들도 있었고, 제법 상처를 입은 이들도 있었다.

제각각의 모습들이었지만 그들에게는 공통적인 것이 있었다.

그건 바로 편안한 웃음이었다.

그동안 짓누르던 한이 풀려서일까, 다들 표정이 밝았다.

"술이나 한잔하러 가자."

박현은 타다시의 어깨에 팔을 얹으며 물었다.

"지, 지금 말입니까?"

많이 지친 듯 타다시의 목소리는 갈라져 있었다.

"좋습니다!"

"술이다!"

"이런 날은 술이 빠질 수 없습죠!"

코우고와 유우키는 그 자리에서 방방 뛰며 소리쳤다.

"술도 술이지만 이들은 어찌할 겁니까?"

타다시는 한숨을 푹 내쉬며 물었다.

"그냥 냅둬."

"하지만 일이 커질 수 있습니다."

"커지라고 그러는 거야."

박현이 타다시의 목을 끌어당기며 씨익 웃음을 지어 보였다.

"고베에서 알아서 처리하겠지. 겸사겸사."

이대로 둔다면 아마 고베 야마구치구미에서 이 사실을 알기까지 수일이 걸릴 터.

"우리도 좀 쉬고."

박현은 피곤한 듯 기지개를 켰다.

기모노를 입은 여인이 시대와 어울리지 않게 곰방대를 입에 물고 있었다.

"후우—."

반쯤 삐딱하게 누운 여인은 나른한 표정으로 담배 연기를 내뱉었다.

그 옆에 앳된 체육복 차림의 청년이 말차를 곱게 탄 후 다탁에 올렸다.

"처음 보는 아이네."

"예, 키츠네 사마."

앳된 청년은 긴장한 표정으로 정자세를 취하며 대답했다.

"으응."

키츠네.

여우신들의 우두머리인 하쿠멘콘모우큐비노 키츠네, 백면금모구미의 여우(白面金毛九尾の狐) 구미호.

고베야마구치 구미의 숨겨진 일인자인 그녀는 담배 연기를 앳된 청년의 얼굴로 후~하고 내뿜었다.

"딱딱하게 사마가 뭐야? 사마가."

"그, 그럼……."

"아네고 '누님'이라 불러."

키츠네는 앳된 청년 쪽으로 몸을 가져갔다.

기모노 앞섶이 살짝 벌어지며 새하얀 가슴이 언뜻 드러났다.

본능적으로 섶 사이로 슬며시 드러난 가슴을 본 앳된 청년의 얼굴이 금세 붉어졌다.

"아, 아네고. 그, 그……."

"응?"

키츠네는 앳된 청년의 표정이 재밌다는 듯 좀 더 그를 향해 몸을 기울였다. 그리고 몸을 틀어 좀 더 앞섶의 품을 크게 만들었다.

가슴이 훤히 드러나자 앳된 청년은 연신 가슴을 훔쳐보며 더듬더듬 입을 열었다.

"가, 가슴이……."

"가슴이 왜?"

키츠네는 모르겠다는 듯 순진무구한 표정으로 물었다.

하지만 그녀의 눈빛엔 지독하리만큼 욕정을 끌어내는 매혹이 묻어나오고 있었다.

한 나라의 왕을 타락시켜 왕조를 몰락하게 만들었던 그녀에게 있어, 순진한 청년 하나쯤 꾀어내는 건 매우 손쉬운 일이었다.

"어머, 음탕해라."

키츠네는 청년의 시선을 따라 고개를 내려 옷섶 사이로 살포시 드러난 가슴을 확인한 후 매무시를 고쳤다. 하지만 아슬아슬하게 가려진 가슴은 앳된 청년의 욕정을 더욱 자극시켰다.

"아, 아네고."

청년은 붉게 충혈된 눈으로 주춤 망설이는가 싶더니.

"하아—."

키츠네가 뜨거운 숨결을 내뱉자, 우악스럽게 그녀를 품으로 잡아당겼다.

"아네고!"

"어머! 이, 이러면……."

키츠네는 몸을 베베 꼬며 앙탈을 부렸다.

청년이 그녀를 욕정이 가득한 눈으로 쳐다보며 입술을 가져갈 때였다.

"……!"

키츠네의 눈동자가 순간 커졌다가 작아졌다.

"잠깐."

키츠네는 입을 맞춰오는 청년의 가슴을 짚었다.

"아네고!"

하지만 이미 이성을 상실한 청년은 더욱 우악스럽게 그

녀의 입술을 맞춰가려 했다.

"잠깐 기다리라고 했잖아!"

키츠네가 짜증이 난 목소리로 그를 말렸지만, 그녀의 매혹은 너무나도 강렬했다.

"사랑합니다."

청년은 마치 발정이 난 짐승처럼 그녀를 다시 안아갔다.

"이런 썅!"

키츠네는 얼굴에는 짜증이 들어찼다.

"컥!"

키츠네는 청년의 목을 움켜잡아 숨통을 꽉 틀어막았다.

"내가 기다리고 했잖아. 병신 새끼."

그러더니 청년을 벽으로 집어던졌다.

우당탕탕탕—

"크헉!"

키츠네는 표독스러운 눈으로 바닥을 뒹구는 청년을 흘긋 일견하고는 굳게 닫힌 장지문을 쳐다보았다.

"미카!"

키츠네는 그녀의 직속 수하이자 팔미호인 미카를 불렀다.

"하이, 오네상[おねえさん, 언니]."

"대음양사를 당장 불러와!"

"마키타 상 말씀이십니까?"

"그래. 당장 불러와."

"하잇!"

비서처럼 검은 정장을 입은 팔미호, 미카는 허리를 숙이며 명을 받들었다.

잠시 후, 하얗고 붉은 무복(巫服)을 입은 젊은 사내가 안으로 들어왔다.

"마키타. 붉은 실 하나가 끊어졌다."

끊어진 붉은 실은 카즈나리를 뜻했다.

정확히는 그에게 나눠준 힘이 사라졌다는 것이고, 그건 그가 자신의 힘을 사용하지 못할 정도로 신변에 이상이 생겼다는 의미이기도 하였다.

"안 그래도 인연의 잔이 깨진 것을 확인했습니다."

"누구의 잔이냐?"

"카즈나리 부회장의 잔이었습니다."

"카즈나리?"

"하이!"

대음양사가 허리를 숙이며 답했다.

드르륵—

그때 장지문이 열리며 중후한 멋을 풍기는 사내가 안으로 들어왔다.

고베 야마구치구미의 구미쵸 마쓰무라 고이치로였다.

"쯧쯧."

마쓰무라 구미쵸는 바닥에 쓰러진 청년을 흘깃 쳐다본 후 키츠네를 향해 나직하게 혀를 찼다.

"아직도 이런 장난을 치는 건가?"

"뭘 알면서 물어?"

"밖이 소란스럽던데, 무슨 일이 있는 건가?"

고이치로는 키츠네의 앞에 털썩 앉으며 물었다.

"흐응."

키츠네는 그런 고이치로를 쳐다보며 묘한 소리를 삼켰다.

"뭔데 그래?"

고이치로는 재떨이에 올려진 곰방대로 손을 가져가며 물었다.

"실 하나가 끊어졌어."

키츠네의 대답에 곰방대를 재떨이에 툭툭 털던 고이치로의 행동이 뚝 멈췄다.

"……실이 끊어져?"

고이치로는 얼굴을 굳힌 채 키츠네를 바라보며 다시 물었다.

"어."

"언제?"

"조금 전."

고이치로는 고개를 돌려 아침 햇살을 흘깃 쳐다보았다.

"누구야?"

"카즈나리 부회장입니다."

대음양사가 키츠네를 대신해서 대답했다.

"카즈나리?"

"그렇습니다, 구미쵸."

"끄응!"

그 말에 고이치로는 앓는 소리를 삼켰다.

"어떻게 할 거야?"

"그걸 왜 나한테 물어."

키츠네는 심드렁한 목소리로 대답했다.

"밖에 누구 없나?"

"예, 구미쵸."

직속 수하인 간부 하나가 방 안으로 들어왔다.

"당장 테츠오를 불러."

"하이!"

"그리고……. 아니다, 네가 직접 카즈나리의 본가로 가 봐. 당장!"

간부는 허리를 숙인 후 방 밖으로 나갔다.

동시에 무복을 입은 소녀가 간부를 스쳐 방 안으로 뛰어 들어왔다.

"마키타 사마."

"무슨 일이냐?"

"그것이……."

소녀는 대음양사 마키타 옆으로 다가가 무언가를 속삭였다.

동시에 마키타의 표정이 급격히 굳어졌다.

"알았다."

소녀가 나가고.

"무슨 일인가?"

고이치로의 말에 마키타는 겨우 입을 열었다.

"지(地)의 잔과 인(人)의 잔도 깨어졌다 합니다."

고이치로의 눈동자가 파르르 떨렸다.

천(天)의 잔이 구미호, 키츠네의 격을 빌린 것이라면 지의 잔과 인의 잔은 격을 낮춘 잔이었다.

지와 인의 주체 또한 구미호보다 격이 낮은 어린 여우신들이었다.

"누구의 잔인가?"

"인의 잔은 코도카이(弘道會)의 기시모토 사이조와 신와카이(親和會)의 키라 히로후미입니다. 지의 잔은 카즈나리 일가의 산하 조직의 오야붕들입니다."

고이치로의 표정이 급격히 구겨졌다.

"어떻게 할 거야?"

키츠네는 곰방대를 입에 물며 물었다.

"뭘 물어? 어떤 놈인지 알아봐야지."

"그리고?"

"죽여야지."

"좀 도와줄까?"

키츠네는 곰방대를 다시 입으로 가져가며 야릇한 눈빛을
띠었다.

"풍신 사마의 면을 봐서라도 일단 조용히 있어."

"쳇!"

고이치로의 말에 키츠네는 콧방귀를 뀌며 곰방대를 입에
물었다.

"다시 한번 말하지만, 뇌신 사마와 한판 뜰 거 아니면 일
단 조용히 있어."

"그 말은?"

키츠네의 눈빛이 반짝였다.

"너도 어엿한 고베 야마구치구미의 아네고이니, 항쟁이
면 너도 참가해야지."

"항쟁."

키츠네의 입꼬리가 말려 올라갔다.

"그래 항쟁."

"흐응."

키츠네는 묘한 소리를 내며 담배 연기를 길게 내뿜었다.

"내가 이래서 자기를 좋아해."

"훗."

고이치로는 피식 코웃음을 치며 대음양사를 쳐다보았다.

"말씀하십시오."

"대회의 전에 길흉화복의 점괘 좀 봐봐."

"그리합지요."

고이치로는 밖으로 나가며 소리쳤다.

"전 간부들을 모조리 소집시켜!"

*　　　*　　　*

"흐아! 배부르다!"

코우고는 라멘을 싹 비운 후 볼록 나온 배를 두들겼다.

"역시 라멘은 아침에 먹는 게 제일 맛있습니다. 안 그렇습니까, 부회장?"

"시답잖은 소리 말고, TV나 틀어봐."

타다시의 말에 코우고는 옆에서 라멘을 먹고 있는 유우키의 발을 툭툭 건드렸다.

"우리 부회장께서 TV 틀랍신다."

"예, 예."

유우키는 젓가락질을 멈추지 않으며 손으로 더듬더듬 리모컨을 찾아들었다.

틱—

켜진 TV 안 화면은 매우 어지러웠다.

"지금 속속 간부들이 집결하고 있습니다."

"무슨 연유인지는 아직 알려지지 않았나요?"

"네. 하지만 보시다시피 입장하는 간부들의 표정이 매우 좋지 않습니다."

"매우 심각한 사안이 있다는 뜻으로 봐도 무방하나요?"

"네. 모두가 굳게 입을 다문 채 어떤 질문에도 응답하지 않고 있습니다."

"주변 분위기는 어떤가요?"

"이른 아침이라 놀라는 시민들도 간혹 보이지만 일단 주변 시민들은 익히 고베 야마구치구미의 본가를 인식하고 있어 차분한 분위기가 유지되고 있습니다. 다행히 아직까지는 큰 혼란은 없어 보입니다."

"이른 시간이라 주변 통제가 쉽지 않을 거라 보이는데요. 현장은 어떻습니까?"

"생각보다 경찰 병력이 적어 약간은 우려스럽지만, 경찰 병력이 속속히 도착하고 있어 생각보다 빠르게 안정을 찾을 거라 보입니다."

"경찰의 반응은 어떤가요?"

"경찰 쪽에서도 현 상황을 파악하지 못해 뚜렷한 답을 내놓지는 못하고 있습니다. 다만 상황이 상황인 만큼 일단 예의주시하겠다는 입장입니다."

화면 하단에는 속보와 함께 '고베 야마구치구미 본가 앞'이라는 글자가 선명하게 적혀 있었다.

띡—

그때 TV가 꺼졌다.

"피곤한 텐데 어여 들어가서 자라."

박현이었다.

"어여 정리하고 들어가."

누가 뭐라고 대답도 하기 전에 박현이 손을 휘휘 저으며 사무실을 나갔다.

"……저, 부회장."

"응?"

"우리 괜찮은 거겠죠?"

"아마도?"

타다시는 어색한 웃음을 지었다.

"으으! 피곤하다."

밖으로 나온 박현은 하품을 내뱉으며 기지개를 켰다.

육체적인 것이 아니라 정신적인 피로감이었다.

이미 육신의 피곤함을 느낄 몸은 아니었다.

다만 하루를 꼬박 세우며 여섯 개의 야쿠자 단체를 지웠다. 그 싸움에서 박현은 부단히 힘을 죽이고 또 죽여야 했다.

특별한 흔적이 남지 않게.

그리고 천외천의 힘을 철저히 감췄다.

음양사란 놈들이 혹여나 조완희처럼 무법(巫法)의 힘으로 자신의 모습을 들여다볼까 싶었기에, 철저하게 흑호의 모습으로만 움직였다.

그리고 힘 또한 철저하게 절제했다.

그에서 오는 정신적 피로감이 제법 컸다.

박현은 고개를 털어 정신을 맑게 깨우며 휴대폰을 꺼냈다.

"슬슬 건너오자."

누군가 전화를 받자 씨익 웃으며 말을 툭 내던졌다.

그 말 한 마디 이후, 툭 전화를 끊으며 아침 햇살을 내비치는 길거리를 쳐다보았다.

출근 시간이라 많은 이들이 부지런히 움직이고 있었다.

평화로운 출근길이었다.

TV와 달리.

'이 평화가 얼마나 갈까?'

박현은 비릿한 미소를 지으며 잠시 멈춰 세웠던 걸음을 다시 옮겼다.

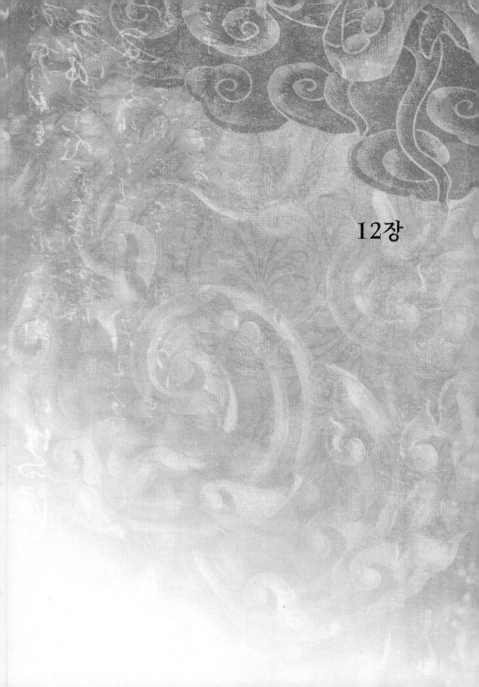

12장

고베 야마구치구미의 정점.

구미쵸 마쓰무라 고이치로는 상석에 앉아 조직원들을 쳐다보았다.

조직의 일선에서 한 걸음 물러나 묵묵히 자신의 뒤를 받쳐 주는 형제들과 자신의 뒤를 이어 후계의 자리를 잇고자 경쟁하는 부회장 및 간부들.

그리고 마지막으로 산하 단체를 두지 않고 순수하게 자신의 직속으로 남아 있는 행동대인 꼬봉들까지.

오랜만에 본가가 북적거릴 정도로 많은 이들이 모였다.

"구미쵸, 다들 모였습니다."

보좌 테츠오가 옆에 앉으며 말했다.

"키츠네는?"

"귀찮아서 쉰답니다."

"쯧."

그 말에 고이치로는 혀를 찼다.

"대음양사는?"

길흉화복의 점괘에 대해 물었다.

"이상하리만큼 점괘가 나오지 않는다 합니다."

이것도 저것도 다 마음에 안 드는 상황이었다.

"알아본 바는?"

"일단 파악한……."

"됐어. 어차피 모두 들어야 할 텐데."

고이치로는 보고를 올리려는 테츠오를 말렸다.

짝!

고이치로는 손바닥을 쳐 어수선한 장내의 분위기를 자신에게로 향하게 만들었다.

"다들 오랜만이군."

"……."

"……."

"……."

심각한 사안이 발생했음을 직감한 탓에 다들 조용히 목

례로 인사를 대신하였다.

"좋은 일로 모였으면 좋겠지만, 그렇지 않아."

"항쟁이 일 거 같다는 소리를 들었지만, 무슨 일이야?"

그의 형제이자, 총부사제인 마츠이 히사유키가 물었다.

"그나저나 사이조 형님은?"

"히사유키, 예를 지켜."

고이치로가 너무나도 편히 대하는 히사유키에게 나직이 경고했다.

"큼. 구미쵸. 사이조 총사제가 안 보입니다만."

히사유키는 헛기침으로 무안함을 달랜 뒤 다시 물었다.

"본구미[組]의 총사제이자 코도카이의 카이쵸이신 기시모토 사이조 사마께서 사망하셨습니다."

"뭐?"

히사유키는 앞에 놓인 녹차를 입으로 가져가다 말고 소리를 버럭 질렀다.

"사이조 형님이…… 죽었다고? 앙?"

도저히 믿을 수 없다는 듯 히사유키의 목소리는 더욱 커졌다.

"히사유키."

고이치로가 나서고 나서야 히사유키는 겨우 화를 억누르는 모습이었다.

"카즈나리 일가를 이끄는 본구미의 부회장 카즈나리도 어젯밤 참사를 당했습니다."

카즈나리의 죽음이 보좌 테츠오의 입에서 거론되자 실내는 웅성거림이 커졌다.

특히 그와 후계 구도를 다투던, 야마켄구미(山健組)를 이끄는 부회장 이시다 쇼로쿠 측의 인물들에게서 수군거림이 더욱 커졌다.

"축하드립니다."

작게 축하의 인사를 건네는 이도 있었다.

쇼로쿠는 최대한 표정 관리를 하였다.

정적이 죽은 것이 나쁜 일은 아니나, 아니 좋은 일이기는 하나 자칫 경거망동하였다가는 은원의 화살이 자신에게로 향할 수 있었기 때문이었다.

"또한."

테츠오의 짧고 굵은 목소리에 웅성거림이 가라앉았다.

"신와카이를 이끄는 간부 키라 히로후미를 비롯해 본구미의 산하 3조직이자, 카즈나리 일가의 2차 조직인 4개의 조직이 어젯밤 와해가 되었습니다. 그리고 예외 없이 각 조직의 수장들은 참사를 피하지 못했습니다. 이상입니다."

"뭐라?"

"방금 뭐라고 그랬어? 카즈나리뿐만 아니라 그 세력이 모조리 와해되었다고? 그게 말이야, 뭐야?"

"지금 그걸 믿으라는 건가?"

테츠오의 보고가 끝나자 여기저기서 고함 비슷한 소리가 터져나왔다.

동시에 쇼로쿠의 표정도 딱딱하게 굳어졌다.

그저 속으로 웃을 일이 아니었던 것이었다.

본구미에서 카즈나리의 세력을 따지자면 1할이 채 못 된다.

하지만 그가 가진 상징성을 따진다면 적어도 3할, 그 이상이었다.

왜냐하면, 그는 유일하게 자신과 다음 대의 구미쵸 자리를 놓고 경쟁하는 사이였으니까.

"테츠오."

쇼로쿠는 분노가 묻어나오는 목소리로 그를 불렀다.

"예, 부회장."

"적은?"

"어이! 쇼로쿠."

쇼로쿠의 말을 받은 이는 보좌 테츠오가 아니라 총부사제 히사유키였다.

"네놈 짓 아니야?"

"예?"

"그러지 않고서야 마치 콕 짚듯 카즈나리 쪽만 죽어나갈 리가 없잖아."

"총부사제!"

히사유키의 이죽거림에 쇼로쿠는 옷가지를 꽉 움켜잡으며 눈을 부라렸다.

"그 말은 내가 뒷공작이라도 했단 겁니까?"

"그럴 수도 있다는 거지. 왜 그렇게 화를 내지? 혹시 찔리는 무언가가 있는 건가?"

히사유키도 눈을 부라렸다.

"그 말 책임 질 수 있겠습니까?"

쇼로쿠도 지지 않겠다는 듯 으르렁 이빨을 드러냈다.

쾅쾅!

그때 낮은 단상 위에서 주먹으로 만들어낸 파음이 울려 퍼졌다.

"지금 뭐하는 짓들이야!"

구미쵸 고이치로의 일갈이 터져나왔다.

"어이. 히사유키."

고이치로는 히사유키를 불렀다.

"예, 구미쵸."

"쇼로쿠."

"하이!"

"둘 사이가 안 좋은 건 알겠는데, 이 일이 해결될 때까지 다시 이런 모습이 보이면 내 손에 죽는다."

"……."

"……."

둘의 대답이 조금 늦어지자.

"알아들었느냔 말이야!"

"예, 구미쵸."

"하이!"

둘은 서둘러 허리를 숙이며 복명했다.

"자, 다들 들어."

고이치로는 여느 때와 달리 신경이 날카롭게 선 목소리로 입을 열었다.

"지금 테츠오가 홍수를 찾고 있다. 그러니 누구든 섣불리 추측하지도 마. 그리고 입에 담지도 마라. 이건 경고도 아니고 명령이다."

"하이."

"예, 구미쵸!"

"명!"

저마다 내뱉는 말은 달랐지만, 일제히 허리를 숙여 복명했다.

"당분간 자중하고, 입도 꿰매."

고이치로의 목소리는 무거웠다.

* * *

고베 야마구치구미 본가 뒤편 별채에는 자그만 신사가
존재했다.

살아있는 신이자 여우신들의 여왕, 키츠네를 모시는 신
사였다.

그 신사를 총괄하는 대음양사 마키타는 신장대를 흔들다
가 연신 얼굴을 찌푸렸다.

마치 검은 안개라도 낀 듯 아무것도 보이지 않았기 때문
이었다. 보이지 않으니 어떤 길흉화복도 점칠 수 없었다.

해서 눈을 가린 검은 안개를 걷어내려 했지만, 마치 미약
한 인간의 힘으로 안개를 거둘 수 없듯 마키타의 노력은 허
무하리만큼 아무런 변화를 이끌어내지 못했다.

"휴우—."

결국 마키타는 신장대를 내려놓으며 한숨을 푹 내쉬었
다.

마키타는 고개를 흔들어 정신을 다시 차리고는 고개를
돌려 무녀를 불렀다.

"키츠네 사마께 가서 피 한 종지만 받아오너라."

"피, 피 말씀이시옵니까?"

"어서 다녀오너라."

"……예."

무녀는 머뭇머뭇하다가 겨우 대답하며 신당을 나갔다.

"이상하다, 이상해."

마키타는 빈 천장을 올려다보며 복잡한 심사를 애써 달랬다.

그런 심사를 다시 어지럽힌 건 묵직한 발걸음 소리였다.

저벅— 저벅—

마키타는 고개를 돌려 장지문 앞에 선 고이치로를 쳐다보았다.

"점괘는 어찌 되었나?"

그 물음에 마키타는 고개를 저었다.

"점괘가 안 나와?"

고이치로는 놀랍다는 듯 그를 쳐다보았다.

"안 나오는 게 아니라 보지를 못하고 있습니다."

"보지를 못한다고?"

"송구합니다."

마키타는 허리를 숙였다.

"뭐가 보이길래 귀한 내 피가 필요하다는 거야?"

그때 키츠네가 무녀와 함께 신당으로 들어왔다.

"키츠네 사마."

마키타는 예를 다해 인사를 올렸다.

"뭐가 보여서 부른 게 아니라 보이지 않아서 불렀다는 군."

"그건 또 무슨 소리야?"

"키츠네 사마의 힘으로 눈이 하늘에 닿았지만, 검은 안개가 그 앞으로 가리고 있습니다. 소관이 그 안개를 거두려 했지만 미천한 힘을 가진 터라 거둬내지 못하여, 불민하게도 키츠네 사마를 청하게 된 것이옵니다."

"검은 안개라."

키츠네가 미간에 깊은 주름을 그렸다.

"아마도 홍수겠지?"

"그건 그것대로 위험한 일이 아니겠습니까?"

"쯧."

키츠네는 혀를 차며 성큼성큼 신단으로 걸어가 푹신한 붉은 비단 방석에 앉았다.

"다시 해 봐. 피를 뿌려줄 터이니."

"감사하옵니다."

마키타는 다시 신장대를 들었다.

그 모습에 고이치로는 조심스럽게 뒤로 물러났다.

파사사사삭—

신장대를 수놓은 술이 마구 비벼지며 요사한 소리를 만들어냈다.

타다닷—

그런 신장대 위로 붉은 피가 뿌려졌다.

키츠네의 것이었다.

새하얀 신장대는 키츠네의 피를 머금자 붉게 변했고, 그로 인해 신장대 주변으로 휘몰아치는 기운도 더욱 크고 음산하게 변했다.

"흐으으— 하아—."

마키타의 목소리에 귀성이 담기며 묘한 울림이 만들어졌다.

동시에 눈꺼풀을 들어올린 그의 눈은 새하얀 영기로 가득 차 있었다.

새하얀 신력, 키츠네의 영기였다.

마키타의 눈은 마치 영화라도 보는 듯 쉼 없이 마구 움직였다.

'흠.'

고이치로는 애써 침음성을 삼키며 키츠네에게로 시선을 옮겼다.

그녀의 눈 역시 마키타의 것처럼 새하얀 영기를 뿜어내며 무언가를 보고 있었다.

"흡!"

"헉!"

누가 먼저라고 할 것도 없이 둘의 눈이 화등잔처럼 크게 떠졌다.

그리고 기겁성이 터졌다.

"꺼억— 꺼어억!"

갑자기 마키타는 경기를 일으키듯 몸을 부르르 떨며 괴로운 소리를 내뱉기 시작했다.

"끄으!"

괴로운 건 키츠네도 매한가지인 듯 이를 꽉 깨물며 참는 모습이 역력했다.

파장창창창!

그리고 얼마 지나지 않아.

유리창이 깨지는 듯한 소리가 신당을 두들겼다.

"푸학!"

마키타는 피를 토하며 썩은 고목나무처럼 뒤로 넘어갔다.

"마, 마키타 사마."

무녀가 창백한 얼굴로 재빨리 뛰어가 그를 부축했다.

하지만 이미 정신을 잃은 듯 그의 몸은 축 늘어져 있었다.

그리고.

"갈!"

키츠네는 무언가를 떨쳐내려는 듯 눈을 번쩍 뜨며 일갈을 터트렸다.

"꺄아악!"

그 힘에 휩쓸린 무녀는 키츠네의 신력을 이겨내지 못한 듯 피를 토하며 마키타 위로 풀썩 엎어졌다.

"크흡!"

고이치로는 겨우겨우 버티며 키츠네를 쳐다보았다.

"끄으으으!"

키츠네는 검은 안개를 찢고는 포효하며 불쑥 모습을 드러낸 황금빛 눈동자를 떠올렸다.

그녀는 황금빛 눈동자가 주는 지독한 불길함에 이를 악문 채 몸을 떨고 있었다.

또한, 검은 안개는 그냥 검은 안개가 아니었다.

저승의 향기가 풍기는 염화였던 것이었다.

'저승에서 온 자!'

키츠네의 고운 얼굴이 일그러졌다.

그 시각.

"화끈하게 일을 벌였던데."

폐안이 박현을 바라보며 미소를 지었다.

"이제 시작일 뿐입니다."

"얼마나 더 크게 일을 벌이려고 그래?"

"지옥."

"지옥?"

"감히 본인의 땅을 넘봤으니, 적어도 지옥은 보여줘야지요."

박현이 입꼬리를 차갑게 말아 올렸다.

"크크크크크!"

폐안이 그 미소에 맞춰 비릿한 웃음을 내뱉었다.

*   *   *

피칠한 벽.

내려앉은 거실 바닥.

부서진 내부 집기와 가구들.

"쯧."

고베 야마구치구미의 보좌 테츠오는 어지럽게 널린 카즈나리 본가 내부를 살피고 있었다.

"어때?"

테즈오는 거실 중앙에 죽어있는 카즈나리에게로 다가갔다.

"꼭 짐승에게 당한 것 같습니다."

야쿠자라기보다는 회사원 같은 분위기의 수하가 고개를 들며 대답했다.

"짐승이라."

테츠오는 수술용 장갑과 비슷한 라텍스 장갑을 낀 후 카즈나리 앞에 앉았다.

테츠오는 상처 부위를 세심하게 살폈다.

"짐승일 리는 없으니 신족 중 하나겠군."

"야마구치구미일까요?"

수하의 물음에 테츠오의 눈매가 가늘어졌다.

"야마구치구미라."

수년 전에는 한몸이었지만, 지금은 둘로 갈라진 곳.

인간의 피를 중시한 고베 야마구치구미와 달리 야마구치구미는 오로지 신족이 중심이었다.

"딱 떠오르는 건 야마구치구미와 스미요시카이로군."

"스미요시카이."

수하는 고개를 저었다.

"자신의 영역만 침범하지 않으면……."

"알아."

스미요시카이는 자신들의 영역만 침범하지 않는다면 철저한 방관자들이었다.

"테츠오."

그때 간부이자 고베 야마구치구미의 행동대인 무투파를 이끄는 마사히사가 다가왔다.

"……?"

"경찰들이 찾아왔어."

"경찰들?"

"일단 막아놨는데, 냄새를 맡은 거 같아."

"누가 온 거야?"

테츠오는 자리에서 일어나며 물었다.

"니시지마 경부(警部)."

"니시지마?"

마사히사가 고개를 끄덕였다.

"말이 통하는 이라서 다행이군."

"안으로 들여보내?"

"들여보내."

"알았어."

잠시 후, 새치가 가득한 중년인이 마사히사와 함께 안으로 들어왔다.

"쯧쯧."

안으로 들어오자 눈에 들어오는 거실 풍경에 눈살을 찌푸렸다.

"오랜만입니다."

니시지마 경부는 테츠오의 인사에 고개를 끄덕였다.

"이른 아침부터 고베 야마구치구미가 시끌시끌하더니, 다 이유가 있었군."

그 말에 테츠오는 쓴웃음을 지었다.

"범인은?"

니시지마 경부의 물음에 테츠오는 고개를 저었다.

"신족인가?"

니시지마 경부는 카즈나리 시신을 흘깃 쳐다보며 물었다.

"음양사가 준비하고 있으니 곧 알게 될 겁니다."

니시지마 경부는 고개를 끄덕였다.

"일이 커지지 않겠죠?"

장담할 수 없지만 테츠오는 고개를 끄덕였다.

"커지지 않을 겁니다."

니시지마 경부는 믿지 않는 눈치였지만 더는 뭐라 토를 달지 않았다.

"다른 곳도 경비 수준이 높던데."

슬쩍 떠보는 듯한 말.

하지만 야쿠자를 전적으로 전담하는 니시지마 경부가 고베 야마구치구미의 간부들의 피살을 파악하지 못했을 리

없었다.

"위에서 좋은 선물을 보낼 겁니다."

"특별한 사안이 없다면야."

니시지마 경부는 어깨를 슬쩍 들어올렸다.

"위에도 인사가 갈 겁니다."

테츠오의 이어진 말에 니시지마 경부는 비틀린 웃음만 지을 뿐이었다.

"흠."

그때 거실로 음양사가 들어왔다.

젊은 음양사 하야시는 대음양사의 수제자이자, 이면의 흔적을 밝히는 술사였다.

음양사 하야시는 낯선 니시지마 경부를 잠시 쳐다보았다.

니시지마 경부는 어깨를 으쓱 들어 보이며 테츠오를 쳐다보았다.

"참관을 하고 싶은데."

테츠오는 마음에 안 들었는지 눈가를 찌푸렸다.

"흉수를 알아야 지켜보거나 도우거나…… 할 거 아니오."

니시지마 경부의 이어진 부연에 테츠오는 음양사 하야시를 쳐다보며 고개를 끄덕였다.

"니시지마 경부."

테츠오는 근처 바닥에 쓰러져있는 의자를 가져와 자리에 앉는 니시지마 경부를 불렀다.

"말씀하시구랴."

"그대를 존중하나, 선은 넘지 마시기를 바라오."

"그걸 결정하는 건 내가 아니라서."

니시지마 경부는 뒤틀린 웃음을 지었다.

"그리고 걱정 마시오. 오랜 우리의 인연을 쉽사리 깰 생각은 없으니까."

그 정도면 되었다 싶은 테츠오는 시선을 다시 음양사 하야시에게로 옮겼다.

"시작하시게."

그의 허락이 떨어지자 음양사 하야시는 바닥을 쓸듯 거실 중앙으로 걸음을 옮겼다.

그가 옆으로 손을 내밀자, 어린 야쿠자 조직원이 곡물이 담긴 쟁반을 가져왔다.

음양사 하야시는 술이 찰랑거리는 술잔을 들어 머리 위로 가져갔다.

일배(一杯)를 올린 음양사 하야시는 술잔을 허공에 뿌렸다.

촤아아아!

술은 허공에서 수증기가 되어 사라졌다.

그러자 거실은 이내 달달한 주향으로 가득 찼다.

음양사 하야시는 이어 일배와 함께 다섯 가지 곡물을 허공에 뿌렸고, 곡물은 술과 마찬가지로 허공에 사라졌다.

"신을 모시는 미천한 이가 이 땅을 관장하는 오우쿠니누시[意宇国土][1]에게 바라옵니다. 그대의 눈을 잠시 빌려주시기 간청하옵니다."

음양사 하야시는 신장대를 흔들어 신력을 돋웠다.

촤악!

그의 기운이 거실 곳곳으로 스며들자 음양사 하야시는 부채를 활짝 펼쳐 눈을 가렸다.

"급급여율령!"

음양사 하야시는 부채를 털며 감았던 눈을 번쩍 떴다.

쏴아아아—

그의 눈에서 신력이 터지자, 거실에 뿌려진 기운이 그에 반응하기 시작했다.

휘릭!

음양사 하야시는 손을 뻗어 다시 술잔에 담긴 술을 뿌렸다.

촛—

술잔이 허공에 뿌려지자 기운이 급격히 끓어오르며 실이

툭 끊어지듯 시간이 툭 멈췄다.

멈춰진 시간, 그리고 거실 위로 또 다른 장면이 겹쳐졌다.

새롭게 겹쳐진 장면은 온통 검었다.

"큽!"

음양사 하야시의 눈이 부릅떠졌다.

온몸을 짓눌러오는 음습함, 그건 죽음의 냄새였다.

콰아앙―

"화, 황천[黃泉][2]……."

순간 음양사 하야시의 눈이 뒤집혔다.

"아니! 화, 황천국이 아니……."

낯선 신의 힘이 그의 몸을 헤집자 온몸이 찢어지는 듯한 고통이 덮쳤다.

"끄으으!"

음양사 하야시의 몸에 핏줄이 흉측하게 돋아났다.

"푸학!"

음양사 하야시는 피를 토하며 뒤로 쓰러졌다.

『네 이놈! 감히 이국의 신을 불러 내 땅을 더럽히다니!

죽어 마땅하리라!』

'아, 아니옵……, 끄억!'

음양사 하야시는 고개를 저어 부인하려 했지만, 오우쿠

니누시의 분노에 이미 그의 눈을 시작으로 그의 몸은 터지 듯 갈기갈기 찢어졌다.

촤좌좌좍— 푸학!

끝내 그의 몸은 피를 비산하며 터졌다.

"……!"

음양사 하야시가 술을 뿌리자마자 그의 몸이 쩍쩍 갈라 지더니 터지고 말았다.

"허억!"

테츠오뿐만 아니라 느긋하게 의자에 앉아 그를 바라보던 니시지마 경부도 피를 흠뻑 뒤집어쓰자 기겁성을 터트리며 뒤로 나자빠졌다.

"테, 테츠오! 이, 이게 무슨……."

니시지마 경부가 허겁지겁 자리에서 일어나며 물었지만, 테츠오도 그의 물음에 답할 수 없었다.

"마사히사!"

테츠오는 소리를 높여 마사히사를 불렀다.

"이, 이게 무슨……."

부름에 거실로 들어온 마사히사는 마치 믹서기에 갈린 듯한 음양사 하야시의 육신을 보자 너무 놀라 말을 채 잇지 못했다.

"대음양사를 모셔와. 어서!"

"무, 무슨 상황이길래."

"하야시 음양사가 오우쿠니누시를 모시다가 갑자기 몸이 터져버렸어."

테츠오의 말에 마사히사는 입술을 지그시 깨물었다.

그르르르릉—

그때 마치 지진이라도 온 것처럼 거실 바닥이 꿀렁꿀렁거리기 시작했다.

"……!"

"……!"

그리고 그 움직임에 맞춰 대기의 기운이 들끓기 시작했다.

그걸 느낀 테츠오와 마사히사는 누가 먼저라고 할 것도 없이 서로의 눈빛을 마주쳤다.

구웅—

그 순간 마루가 바람이 가득 들어찬 풍선처럼 부풀어 올랐다가 바닥으로 훅 꺼졌다.

"피, 피해!"

테츠오는 버럭 소리치며 뭣도 모르고 어벙벙하게 서 있는 니시지마 경부를 끌어안으며 구석으로 몸을 날렸다.

콰과과과과광!

그리고 거실 중앙에서 거대한 폭발이 일어났다.

*　　*　　*

조용히 정좌로 수양하던 조완희의 눈이 부릅떠졌다.

『신제자야.』

대별왕의 부름에 조완희가 자리에서 일어나 무속화 앞에 부복했다.

『일본에서 나의 힘이 황천국을 침범하였다.』

조완희의 고개가 대별왕 무속화를 향해 번쩍 들어 올려졌다.

『염마(閻魔)[3]가 있어 황천국은 문제가 아니나, 음양사가 그 힘을 현세로 끌어들였다. 토신(土神) 오우쿠니누시가 대노(大怒)했을 터.』

"이 신제자 어찌하면 되옵니까?"

『일본으로 가라.』

"일본으로 가서 무얼 하면 되옵니까?"

『그 땅에 나의 저승을 열어야겠다.』

*　　*　　*

"도쿄구…… 고베 야마구치구미의 부회장, 카즈나리 일가를 이끄는 카즈나리의 본가 앞에 와 있습니다."

TV 화면은 보도기자를 거쳐 반파된 카즈나리 본가 가옥을 비췄다.

마치 폭격이라도 당한 듯 폭삭 주저앉은 가옥은 불길에도 휩싸인 듯 검게 그을려 있었다.

"오늘 오전 11시경, 보시다시피 카즈나리 일가의 본가에 폭발이 일어났다 합니다."

보도기자 뒤로 노란 경찰통제선이 촘촘하게 처져 있었고, 경찰특공대로 보이는 검은 군복을 입은 이들이 무장을 한 채 삼엄한 경비를 서고 있었다.

"현재 정확한 사망자와 사망 인원, 인적사항 등은 알려지지 않고 있습니다."

그때 화면 밖에서 누군가가 보도기자 곁으로 다가가 쪽지를 건넸다.

쪽지를 본 보도기자는 다시 마이크를 들었다.

"지금 사망자에 대한 신원이 발표되었습니다. 카즈나리 일가의 카이쵸 카즈나리, 보좌역의 야스오……. 그리고 고베 야마구치구미의 구미쵸 보좌 테츠오, 간부 마사히사…… 마지막으로 경찰청 소속 니시지마 경부로 밝혀졌습니다."

"고베 야마구치구미의 간부들도 참변을 당했군요."

"그렇습니다."

"그리고 말이죠."

"예."

"니시지마 경부라 했습니까?"

"에……. 형사국 소속이라 합니다."

"경찰청 소속 형사가 함께 참변을 당했다니 특이하게 생각되는군요."

보도 기자가 다시 아나운서의 말을 이어받았다.

"폭발 당시 카즈나리 본가의 밖에 순찰차와 경찰 몇이 대기하고 있었다 합니다."

"아! 그렇다면 일단 공식적인 움직임이었단 말씀이군요."

"그렇습니다."

"금일 오전에 있었던 고베 야마구치구미의 간부들의 소집이 떠오르는데요?"

"일반인들이야 모르지만 경찰청 형사국이라면 고베 야마구치구미의 소집의 이유를 알고 있었을지 모릅니다. 그게 아니더라도 형사국에서 적극적으로 이유를 알아보려 할 수 있었을 거구요, 현장에서는 수사 및 탐문 등의 과정에서 함께 참변을 당하지 않았을까 파악하고 있습니다."

"그렇군요."

아나운서가 고개를 끄덕이자 TV 화면은 자연스럽게 스튜디오로 넘어갔다.

"지금 폭파 및 군사전문가와 전화 연결이 되어 있습니다."

아나운서의 말에 TV 한편에 증명사진 한 장이 띄워졌다.

"여보세요?"

"예, 전화 받았습니다."

"지금 뉴스를 보고 있는지요?"

"네, 보고 있습니다."

군사전문가의 말에 반파된 카즈나리 본가의 화면이 다시 띄워졌다.

"일반인인 제가 보기에도 단순한 폭발처럼 보이지 않는데요, 폭발전문가의 입장에서 보면 어떤가요?"

카즈나리 본가의 화면 뒤로 군사전문가의 목소리가 흘러나왔다.

"일반 주택가에서 폭발이라 함은 보통 LPG 가스 폭발을 들 수 있습니다. 하지만 LPG 가스의 폭발력이 상당하다 하지만 가옥 하나를 날려버릴 정도로 강력하지는 않거든요."

"하나가 아닌 여러 개가 동시에 묶여 터졌을 가능성은 없나요?"

"일단 단순한 사고라면 그럴 일은 없습니다. 매뉴얼 상 가스통 인근에 또 다른 가스통이 놓일 수는 없습니다."

"하지만 상대는 야쿠자 조직이거든요."

"그렇게 한다면 예외를 적용할 수 있겠지요. 다만."

군사전문가의 마지막 목소리에 힘이 들어갔다.

"정확한 바는 현장을 둘러봐야 하겠지만 폭발의 여파가 외부로 뻗치지 못한 듯합니다."

"그 말씀은?"

"다들 아시다시피 LPG 가스통은 외부에 놓죠. 어느 가옥이라도 내부에 놓지 않습니다."

"그럼 폭발이 내부에서 일어났다는 말씀인가요?"

"화면으로 봤을 때 내부 중심에서 터진 것이 분명합니다. 예로 가스통이 폭발한 것이라면 인근 근접한 주택에도 분명 피해가 있어야 하거든요. 하지만 화면으로 봤을 때 피해를 입은 가옥이 보이지 않습니다."

"아! 정말 그렇군요."

"또한 검게 그을린 것을 보면 상당한 힘이 담긴 폭탄이 아닐까 싶습니다."

"예?"

순간 아나운서의 목소리가 커졌다.

"정확한 바는 정밀 감식을 해봐야겠지만, 단순한 LPG

폭발로 보이지는 않습니다."

사무실에 남아 뉴스를 보던 타다시는 자리를 비운 박현
을 떠올렸다.
타다시는 그 폭발의 정체를 어렴풋이 알아차렸다.
카즈나리를 죽인 후 나올 때 박현이 바닥으로 움푹 꺼진
거실 바닥 밑에 벽돌 크기의 부적으로 포장된 무언가를 집
어던졌었다.
타다시는 의아해하며 물었었다.
그때 박현이 했던 말은.
"쾅!"
양손을 활짝 펼치며 한 음절의 의성어를 툭 내뱉었었
다.
그냥 모른 척하라는 의미인 줄 알았는데, 진짜 폭탄이었
을 줄이야.
설마 저렇게 대놓고 터트릴 줄이야.
대범하다고 해야 할지, 막가파라 해야 할지.
타다시는 고개를 젓는데.
"저거 오야붕이 하신 일이겠죠?"
옆에 눕다시피 앉아서 TV를 보던 코우고가 물었다.
"그런 듯."

"언제 폭탄을 또 설치하셨데."

둘의 대화 사이에 유우키가 끼어들었다.

"그거 혹시 벽돌 크기의 누런 종이로 감싼 거 아닙니까?"

"그걸 어떻게 알았어?"

타다시는 깜짝 놀라며 유우키에게 물었다.

왜냐하면 박현이 부서진 바닥 아래에 폭탄을 던질 때, 아니 숨길 때 그 자리에 자신밖에 없었다.

"그거 닌쿄카이(任俠會) 정리하고 나설 때 카이쵸의 책상 서랍 속에 넣으시던데요."

"어? 그거였어?"

"너도?"

"니미우미구미(西海組) 사무실 서랍장 아래 발로 툭 밀어 차 넣으셨어."

유우키의 말에 코우고도 자리에서 벌떡 일어났다.

"어······."

"에······."

코우고와 유우키는 눈을 껌뻑이며 서로를 마주 보다 고개를 돌려 타다시를 쳐다보았다.

"서, 설마."

코우고는 당황해하며 입을 뗐다.

"노란 부적으로 감싼 폭탄 본 사람?"

그 말에 코우고와 유우키, 그리고 간부 히데오가 손을 들었다.

말을 맞춰보니.

타다시는 카즈나리 일가의 산하 4개 조직 사무실과 본가에 폭탄을 숨겨놓고 나왔다는 사실을 알게 되었다.

"설마 다 터트리는 건 아니겠죠?"

히데오가 어색한 웃음을 지으며 물었다.

하지만 다들 알고 있었다.

그 모두 터지리라는 것을.

그리고 그걸 기점으로 고베 야마구치구미는 태풍 속에 휘말릴 것임을.

아니나 다를까.

TV에서 아나운서와 자칭 폭파전문가라는 이와 몇몇 패널들이 폭탄이네 마네, 아무리 야쿠자라 해도 폭탄을 쓰겠냐와 권총뿐만 아니라 대전차 로켓포마저 보유한 야쿠자가 그깟 폭탄을 못 쓸까 등 온갖 추측이 난무하며 시끄러울 때였다.

"속보가 들어왔습니다. 카즈나리 일가 산하 니미우미구미의 사무실에서 폭발이 일어났다 합니다."

　　　　　　　*　　　*　　　*

　나리타 국제 공항.

　박현은 입국장 앞 벤치에 앉아 발을 까딱거리며 TV를 보고 있었다.

　어느 채널을 틀어도 속보 형식으로 고베 야마구치구미의 전간부 아침 회동과 카즈나리 본가의 폭발에 대해 이야기하고 있었다.

　아무리 야쿠자들이 활개를 치는 일본이라 하여도 흔치 않은 사건이라 그런지 제법 사람들이 웅성거리며 TV를 보고 있었다.

　"슬슬 올 때가 되었는데."

　박현은 손목시계를 슬쩍 본 후 고개를 틀어 입국 현황을 알리는 전광판을 올려다보았다.

　잠시 후 입국장 문이 활짝 열리며 사람들이 우수수 쏟아져나왔다.

　군중 사이로 낯익은 이들이 보이자 박현은 자리에서 일어났다.

　"여어!"

　박현은 손을 들었다.

　"왔냐?"

박현 앞으로 걸어온 이들은 조완희를 비롯해, 비형랑, 이선화, 그리고 꼴통 삼인방이었다.

"으허헛! 건강하셨습니까, 형님!"

망치 박이 허리를 넙죽 숙였다.

"나무 관세음보살."

승복을 벗고 짧은 스포츠머리를 한 당래불의 모습은 영 어색하기 짝이 없었다.

"승적은 아예 벗은 거냐?"

"그럴 리가 있겠습니까?"

박현의 물음에 당래불이 씨익 웃음을 지었다.

둘과 달리 이승환은 허리를 숙이는 걸로 인사를 대신했다.

"왔냐?"

"안녕하세요."

비형랑과 이선화가 나란히 인사했다.

"기원이랑 신족들은 다른 경로로 올 거다."

마지막으로 조완희.

"온다고 고생했다."

"오라고 해서 왔다만은."

비형랑이 투덜거렸고.

"재미있었으면 좋겠습니다."

망치 박이 시원하게 콧바람을 내뱉었다.

그때였다.

공항 내, 정확히는 TV 앞에서 웅성거림이 커졌다.

당연히 오가는 사람들의 이목을 사로잡았고, 그 이목에
는 박현과 일행들의 것도 있었다.

"속보가 들어왔습니다. 카즈나리 일가 산하 니미우미구
미의 사무실에서 폭발이 일어났다 합니다."

화면이 급박하게 바뀌더니 부서진 유리창 사이로 검은
연기가 풀풀 흘러나오고 있었고, 바닥에 피로 범벅이 되어
꿈틀거리는 야쿠자 조직원 몇이 카메라 화면에 들어찼다.

하지만 속보는 하나가 아니었다.

다시 스튜디오로 화면이 넘어가는가 싶더니 아나운서는
격앙된 목소리로 다시 속보를 알렸다.

"카즈나리 일가의 산하단체인 닌쿄카이 사무실에도 폭
발이 일어났다 합니다."

다시 화면이 넘어간 곳은 도쿄 시내 한 사무실이었다.

폭발 전인 듯 잔뜩 날이 선 야쿠자들이 사무실을 지키고
서 있었고, 몇몇 야쿠자들은 신경질적으로 TV 카메라를 밀
치고 있었다.

그때였다.

콰광― 콰과광!

창문이 깨지며 붉은 화마가 튀어나왔다.

동시에 건물이 우르르 흔들리며 간판 몇 개가 부서지며 바닥으로 떨어져 내렸다.

잠시 후, 불길을 뒤집어쓴 야쿠자 둘이 창문에서 떨어져 내렸고, 그로 인해 한순간 그 앞이 아수라장으로 바뀌었다.

그 속보 또한 끝이 아니었다.

마치 시간 차이를 두기라도 한 것처럼 카즈나리 일가 산하 4개의 조직의 사무실과 본가가 폭발에 의한 화마에 휩싸였다.

그리고 기자들의 촉이 좋았던지, 그중 2개 조직의 폭발은 현장 카메라로 잡아냈던 것이었다.

"어때?"

박현은 고개를 돌려 망치 박을 쳐다보았다.

"혀, 형님."

"재미는 장담하지."

"오오오오!"

망치 박은 주먹을 불끈 쥐었다.

"그래서?"

조완희가 물었다.

"고베 야마구치구미를 흔들어 일본을 내전에 가까운 상태로 몰아갈 거야."

"내전?"

"일본 전역 모든 야쿠자들이 벌이는 적도 아군도 없는 항쟁."

생각보다 훨씬 큰 그림에 일행들의 눈동자가 커졌다.

"인의(人義)도 없는. 피바람만 가득한 전장."

그런 그들의 반응에도 박현은 담담히 말을 이어갔다.

"본인은 일본 전역을 전장으로 만들 생각이야."

그리고 박현은 말을 끝마치며 잔혹한 웃음을 지어 보였다.

"그래서 너희들의 힘이 필요해."

"우리가?"

비형랑이 고개를 갸웃거리며 물었다.

"내가 맡고 있는 니미카와카이는 신족으로 구성된 야쿠자라 분란을 일으키기에 한계가 있어. 사무라이 역할을 해줄 이가 필요해."

"우리보고 사무라이 역할을 해달라고?"

비형랑의 질문에 박현이 고개를 끄덕일 때.

"이미 준비해 놨다."

박현 옆으로 폐안이 다가서며 말했다.

"……?"

"너희는 오늘부터 야쿠자야."

폐안이 씨익 웃음을 지었다.

"야쿠자 세계에 온 걸 환영하지."

폐안의 말에 다들 황당한 표정이 지어졌다.

〈다음 권에 계속〉

*용어

1) 오우쿠니누시[意宇国主] 오우쿠니누시 혹은 오우쿠니누시노카미(大国主神)라 불리는 일본의 신으로, 대지의 신을 대표하는 신으로 풍요를 상징한다.

2) 황천[黃泉]: 황천국(黃泉國, おもつくに, 오모쯔쿠니), 일본 신화에 등장하는 저승이다. 황천국의 황천신(黃泉神, おもつかみ, 오모쯔카미)이 다스린다.

3) 염마(閻魔): 범어로는 야마 혹은 야마라자라고 한다. 음차로 염마라사(閻魔羅闍) 부른다. 한국에선 염마라사의 '염'과 '라'를 따와서 염라대왕(閻羅大王)이라 부르지만, 일본에서는 앞의 두 글자인 '염마'를 따와서 염마(閻魔, えんま)라고 주로 불린다.

마법군주」 발렌 작가의 신작!

『정령의 펜던트』

"정령사는 말이지, 되고 싶다고 해서 되는 게 아니야.
그냥 그렇게 태어나는 거지.
날 때부터 정해진 운명 같은 거라고."

dream★
books
드림북스

환생왕

요도 | 김남재 신무협 장편소설

ORIENTAL FANTASY STORY & ADVENTURE

정체를 알 수 없는 세력들에 의해
비참한 최후를 맞이한
천룡성(天龍城)의 후계자 천무진.
그런 그에게 찾아온 또 한 번의 삶.
그리고 그를 돕기 위해 나타난 여인 백아린.

"이번엔…… 당하지 않는다."

이젠 되돌려 줄 차례다.
새로운 용이 강호를 뒤흔든다!

dream books
드림북스

사도연 판타지 장편소설

ORIGINAL FANTASY STORY & ADVENTURE

『용을 삼킨 검』, 『신세기전』 사도연 작가의 신작!

『두 번 사는 랭커』

여러 차원과 우주가 교차하는 세계에 놓인 태양신의 탑, 오벨리스크.
그리고 그곳에 오르다 배신당해 눈을 감아야 했던 동생.
모든 걸 알게 된 연우는 동생이 남겨 둔 일기와 함께
탑을 오르기 시작한다.

dream
books
드림북스

수라전설 독룡

시니어 신무협 장편소설

ORIENTAL FANTASY STORY & ADVENTURE

"하나도 남김없이 모두 죽일 것이다.
놈들을 전부 죽일 때까지 절대로 끝내지 않아."

유구한 역사를 자랑하는 약문(藥門)들의 잇따른 멸문지화.

시체가 산처럼 쌓이고 피가 바다처럼 흐르는
절망의 지옥에서 마침내 수라(修羅)가 눈을 뜬다!

dream books
드림북스